2年《ねん》A《エー》組《くみ》探偵局《たんていきょく》

ぼくらの交換《こうかん》日記《にっき》事件《じけん》

宗田《そうだ》 理《おさむ》・作
はしもとしん・絵

角川つばさ文庫

有《ゆう》季《き》と貢《みつぐ》の事《じ》件《けん》ファイル

『ぼくらの学《がっ》校《こう》戦《せん》争《そう》』

有季《ゆうき》は英治《えいじ》たちと廃校《はいこう》を
おばけ屋敷《やしき》にして、悪《わる》い大人《おとな》と戦《たたか》う！

『ぼくらの怪《かい》盗《とう》戦《せん》争《そう》』

ぼくらとミステリーツアーへ！
無人島《むじんとう》で国際的怪盗団《こくさいてきかいとうだん》との戦《たたか》い！

『ぼくらの黒《ブラック》会《かい》社《しゃ》戦《せん》争《そう》』

悪徳企業《あくとくきぎょう》との戦《たたか》い！
有季《ゆうき》が暗号《あんごう》を解《と》いて、証拠《しょうこ》をゲット！

『2年A組探偵局《ねんエーくみたんていきょく》
ラッキーマウスと3つの事件《じけん》』

会社会長《かいしゃかいちょう》の子《こ》ども誘拐《ゆうかい》、日記帳《にっきちょう》の盗難《とうなん》、
中学校《ちゅうがっこう》の幽霊《ゆうれい》＆学校占領計画《がっこうせんりょうけいかく》！

『2年A組探偵局《ねんエーくみたんていきょく》
ぼくらの魔女狩《まじょが》り事件《じけん》』

中学校《ちゅうがっこう》に殺人予告状《さつじんよこくじょう》!?　いじめられっ子《こ》が
犯人《はんにん》にされ、命《いのち》をねらわれる。

『2年A組探偵局《ねんエーくみたんていきょく》
ぼくらの仮面学園事件《かめんがくえんじけん》』

仮面《かめん》マスクをすると、別《べつ》の人間《にんげん》に変身《へんしん》できる!?
仮面《かめん》スクール!?　仮面《かめん》パーティー!?

目次《もくじ》

2年《ねん》A《エー》組《くみ》探《たん》偵《てい》局《きょく》
ぼくらの交《こう》換《かん》日《にっ》記《き》事《じ》件《けん》

人《じん》物《ぶつ》紹《しょう》介《かい》

菊地英治《きくちえいじ》
いたずらを
思《おも》いつく天才《てんさい》。
相原《あいはら》 徹《とおる》
英治《えいじ》の親友《しんゆう》。
仲間《なかま》をまとめる
リーダー。
日比野《ひびの》 朗《あきら》
食《た》べるの大好《だいす》き、
料理《りょうり》も得意《とくい》。
矢場《やば》 勇《いさむ》
テレビレポーター。
ぼくらや2A《ツーエー》の
捜査《そうさ》に協力《きょうりょく》。

I　終業式《しゅうぎょうしき》

1

三月《がつ》二十五日《にち》火曜日《かようび》。

2A《ツーエー》探偵局《たんていきょく》の前川有季《まえかわゆうき》と足田貢《あしだみつぐ》は、帰《かえ》りの電車《でんしゃ》でもずっと一緒《いっしょ》だった。

いつもと同《おな》じように話《はなし》ははずんだが、有季《ゆうき》は、貢《みつぐ》の今学期《こんがっき》の成績《せいせき》について何《なに》もきかなかった。

このことに関《かん》してだけは、貢《みつぐ》のほうから口《くち》を切《き》らなければ、きかないというのが暗黙《あんもく》の取《と》り決《き》めである。

いくら二人《ふたり》が親《した》しくても、言《い》ってはいけないことがある。それが思《おも》いやりというものだ。

貢《みつぐ》は電車《でんしゃ》を降《お》りて、改札口《かいさつぐち》を出《で》るまでそのことに触《ふ》れなかった。

この分《ぶん》では、あまり芳《かんば》しくないなと推察《すいさつ》した。

「いまから何《なに》か用事《ようじ》ある?」

突然《とつぜん》、貢《みつぐ》がきいた。

「べつに……」

「じゃあ、うちに寄《よ》らないか。見《み》せたいものがあるんだ」

「何《なに》？」

「交換日記《こうかんにっき》だよ」

「だれの？」

「だれのだかわかんない。店《みせ》に忘《わす》れてったんだ」

「いつ？」

「昨日《きのう》だったかな、店《みせ》の片《かた》づけをしてたら、いすの上《うえ》に乗《の》っかってたんだ」

「それ、見《み》ちゃったの？」

「つい……」

「他人《たにん》の日記《にっき》を見《み》るなんて、よくない趣味《しゅみ》よ」

有季《ゆうき》は、貢《みつぐ》をにらんだ。

「悪《わる》いとは知《し》りながら、つい見《み》ちゃったんだ。ところが……」

貢《みつぐ》は、そこで言葉《ことば》を切《き》った。

「何《なに》よ？」

「たいへんなことが書《か》いてあったんだ」

「もったいぶるのはやめて」

「マーダーだよ」

貢《みつぐ》は、声《こえ》をおさえて言《い》った。

「マーダーって、殺人《さつじん》？」

「そうだ。すげえだろう？」

「それ、じょうだん？」

「じょうだんとも思《おも》えるし、そうでないとも思《おも》える」

「なんのこと？」

「だから、見《み》てみろって言《い》ってるんだ」

有季《ゆうき》は、交換日記《こうかんにっき》を見《み》てみたい誘惑《ゆうわく》にさからえなくなった。

「でも、良心《りょうしん》が痛《いた》むなあ」

そう言《い》いながら、有季《ゆうき》は貢《みつぐ》のあとについていった。

貢《みつぐ》の家《いえ》のイタリアンレストラン『フィレンツェ』は、昼食《ちゅうしょく》の客《きゃく》がいなくなって閑散《かんさん》としていた。

「貢《みつぐ》、どうだったの？」

貢《みつぐ》の母親和子《ははおやかずこ》が、貢《みつぐ》の顔《かお》を見《み》るなり声《こえ》をかけた。

「まあまあだね」

貢《みつぐ》は、そっぽを向《む》いて答《こた》えた。

「まあまあなら、いいじゃないか」

父親《ちちおや》の和雄《かずお》がキッチンの奥《おく》から言《い》った。

貢《みつぐ》の両親《りょうしん》は、勉強《べんきょう》のことではまったく文句《もんく》を言《い》わない。関心《かんしん》がないのだ。

だから、貢《みつぐ》みたいにのんびりと育《そだ》ったのだ。

有季《ゆうき》と貢《みつぐ》が2A《ツーエー》探偵局《たんていきょく》の指定席《していせき》である、隅《すみ》のテーブルまで行《い》って腰《こし》をおろしたとき、

「こんにちは」

高校《こうこう》の終業式《しゅうぎょうしき》を終《お》えた日比野《ひびの》が、英治《えいじ》と相原《あいはら》を連《つ》れて店《みせ》に入《はい》ってきた。

「日比野《ひびの》くん、今日《きょう》はもう皿洗《さらあら》いくらいしか残《のこ》ってないぞ」

和雄《かずお》が声《こえ》をかけると、

「だから、お客《きゃく》を連《つ》れてきたんじゃないですか。この二人《ふたり》には、ぼくが作《つく》りますから」

日比野《ひびの》が得意《とくい》になって言《い》った。

「菊地《きくち》さん、相原《あいはら》さん」

「なんだ、有季《ゆうき》がいるじゃないか」

英治《えいじ》と相原《あいはら》は、有季《ゆうき》たちのところまで行《い》くと、

「いっしょにいいか」

と言《い》って、同《おな》じテーブルに座《すわ》った。

二人《ふたり》は日比野《ひびの》に注文《ちゅうもん》を告《つ》げると、

「この席《せき》にいるってことは、またなにか事件《じけん》があったのか？」

相原《あいはら》が有季《ゆうき》にきいた。

「だれかがこのお店《みせ》に、交換日記《こうかんにっき》を置《お》き忘《わす》れていったそうなんです」

「交換日記《こうかんにっき》？　それならすぐに届《とど》けてやればいいじゃないか。手《て》がかりはないのか」

英治《えいじ》が貢《みつぐ》の顔《かお》を見《み》た。

「ぼくもそう思《おも》って、少《すこ》し読《よ》ませてもらったんです。そしたら……」

「どうしたんだ？」

「殺人予告《さつじんよこく》が書《か》かれていたんです」

「それはただ事《ごと》じゃないな」

「はい。それで今《いま》、有季《ゆうき》にも見《み》せようと思《おも》っていたところだったんです」

そう言《い》って奥《おく》へ引《ひ》っこんだ貢《みつぐ》は、一冊《さつ》のノートを持《も》ってあらわれた。

学校《がっこう》で使《つか》うものよりひとまわり小《ちい》さい、うす緑色《みどりいろ》の表紙《ひょうし》に、交換日記《こうかんにっき》と黒《くろ》のサインペンで書《か》いてあった。

文字《もじ》はまるでパソコンでうったみたいにきちんと書《か》いてある。

眺《なが》めていると、やせて小《ちい》さく、顔色《かおいろ》の悪《わる》い、自信《じしん》のなさそうな男《おとこ》の子《こ》の顔《かお》が浮《う》かんできた。

表紙《ひょうし》を開《ひら》いた一ページ目《め》にこんな文字《もじ》が、横書《よこが》きで雑然《ざつぜん》と書《か》いてあった。

記憶《きおく》

UFO《ユーフォー》

にじ

人形《にんぎょう》

終《お》わり

赤《あか》

「これ、なんだと思《おも》う?」

貢《みつぐ》がきいた。

「ぜんぜんわかんない」

有季《ゆうき》は首《くび》をふった。

「菊地《きくち》さんたちはわかりますか?」

「なんの暗号《あんごう》だろう。相原《あいはら》わかるか？」

英治《えいじ》が問《と》いかけたが、相原《あいはら》も首《くび》をひねっている。

「裏《うら》にも書《か》いてあるんだ」

貢《みつぐ》に言《い》われて、有季《ゆうき》はページをめくった。こちらには、

ママ　8月《がつ》　彼女《かのじょ》　リンゴ　1

と、乱暴《らんぼう》な大《おお》きい字《じ》でなぐり書《が》きしてある。

「意味《いみ》がありそうだけど、つながりがないわね」

「でも、でたらめに書《か》いたわけでもなさそうだな」

相原《あいはら》がつぶやいた。

「みんな、やけに深刻《しんこく》な顔《かお》して何《なに》見《み》てんだよ？」

そこに日比野《ひびの》が二人分《ふたりぶん》のカルボナーラを運《はこ》んできた。

「交換日記《こうかんにっき》に書《か》かれた暗号《あんごう》だよ」

「どれどれ」

日比野《ひびの》はノートをのぞきこむと、

「こんなのに意味《いみ》なんかないよ。おたがいの好《す》きなものでも書《か》いただけじゃないのか。それより早《はや》く食《く》えよ。冷《さ》めちゃうぞ」

と言《い》って、キッチンに戻《もど》ってしまった。

「日比野《ひびの》らしいな」

英治《えいじ》と相原《あいはら》は、笑《わら》いながらパスタを口《くち》に入《い》れた。

「うまい！　あいつ、また、腕上《うであ》げたんじゃないか」

「たしかにうまいな。日比野《ひびの》、こいつはいけるぞ。ボーノボーノ」

英治《えいじ》が派手《はで》な反応《はんのう》をしてたたえたので、日比野《ひびの》も気分《きぶん》がよさそうに親指《おやゆび》を立《た》てて応《こた》えた。

二人《ふたり》が、あっという間《ま》に平《たい》らげてしまうのを見届《みとど》けてから、

「この交換日記《こうかんにっき》は、中学生《ちゅうがくせい》の男子《だんし》と女子《じょし》とでやり取《と》りされてるようなんです。この字《じ》は男子《だんし》の字《じ》でしょ。

で、つぎのページはあきらかに女子《じょし》の字《じ》です」

貢《みつぐ》が言《い》った。

「女《おんな》の子《こ》どうしってのはよくあるけど、男《おとこ》の子《こ》と女《おんな》の子《こ》の交換日記《こうかんにっき》ってのはめずらしいわね。二人《ふたり》の関《かん》係《けい》はどう？」

「おたがいに好《す》きみたいだけど、そういうことはあまり書《か》いてない。おかしいだろう？」

「じゃ、どんなことが書《か》かれているんだ？」

英治《えいじ》がきいた。

「マーダー、殺《ころ》しです」

「まさか。二人《ふたり》でミステリーごっこでもしてるんじゃないか？」

「そうじゃありません。A《エー》というやつを殺《ころ》そうとしているんです。といっても、殺《ころ》すと言《い》ってるのは男《おとこ》のほうで、女《おんな》のほうはよしなさいと言《い》ってます」

「A《エー》というのはだれ？」

有季《ゆうき》がたずねた。

「中学生《ちゅうがくせい》みたいだ」

「自分《じぶん》の学校《がっこう》の生徒《せいと》？」

「推理《すいり》するしかないけど、内容《ないよう》からしてそんな気《き》がする」

「でも、殺《ころ》すってのはハンパじゃないな」

相原《あいはら》が顔《かお》をしかめた。

「殺人《さつじん》を実行《じっこう》する日《ひ》は、もう決《き》まってるんです」

「いつなの？」

有季《ゆうき》がきいた。

「始業式《しぎょうしき》さ」

「始業式《しぎょうしき》っていえば四月七日《がつなのか》でしょう？　今日《きょう》を入《い》れても、二週間《しゅうかん》しかないじゃない」

「そうなんだ。だから、もし、うちに忘《わす》れたことに気《き》がついても、取《と》りに来《く》るかどうか……」

「そうだな。そもそも、こんなぶっそうなことが書《か》いてある日記《にっき》だからな」

英治《えいじ》が同意《どうい》した。

「でも、落《お》とした本人《ほんにん》は気《き》が気《き》じゃないだろう？」

相原《あいはら》が言《い》うと、

「それはそうですけど、これだけじゃ、殺《ころ》す人間《にんげん》も、殺《ころ》される人間《にんげん》も特定《とくてい》できません」

「書《か》いたやつは安全《あんぜん》ってわけか」

「そういうことです」

「もしかしたら、わざと落《お》として、読《よ》んだ人間《にんげん》を怖《こわ》がらせて楽《たの》しんでるだけなのかもよ」

有季《ゆうき》は、ふとそんな気《き》がした。

「そうとも思《おも》ったけど、どうも本気《ほんき》みたいな気《き》がするんだ。とにかく読《よ》んでみてくれよ」

貢《みつぐ》がそう言《い》って、有季《ゆうき》に交換日記《こうかんにっき》を手《て》わたすと、

「おれたちにもできることがあったら協力《きょうりょく》するから、遠慮《えんりょ》なく言《い》ってくれよ」

英治《えいじ》がやさしい言葉《ことば》をかけてくれたので、

「はい」

有季《ゆうき》は、思《おも》わずほほえんだ。

2

有季《ゆうき》が家《いえ》に帰《かえ》ると、

「どうだった？」

と、おばの貞子《さだこ》がきいた。

「まあまあ」

「そう。それじゃ、パパとママにそう報告《ほうこく》しておくわね」

「どうぞ」

おばは、それ以上質問《いじょうしつもん》しない。有季《ゆうき》は、自分《じぶん》の部屋《へや》に入《はい》っていった。

貢《みつぐ》から預《あず》かった交換日記《こうかんにっき》を開《ひら》いてみる。

12月《がつ》22日《にち》
きのうで二学期《がっき》は終《お》わった。
九・十・十一・十二月《がつ》、
いやな毎日《まいにち》だった。
A《エー》のせいだ。
おれはどうしてもA《エー》が許《ゆる》せない。
ノリコにわかるか?
わからなくてもいいんだ。
春《はる》になったら、
A《エー》はこの世《よ》からいなくなる。

マサオ
わたしがいま何《なに》してるかわかる?
あててみな。

クリスマスプレゼントを買《か》ってきたところ。
A《エー》がいやなやつだってこと、わたしにもわかるよ。
でも、春《はる》になったらA《エー》がいなくなるってどういうこと？
まさか？

12月《がつ》25日《にち》
クリスマスプレゼントありがとう。
おれがほしいと思《おも》ってたCD《シーディー》、
話《はな》したことなかったのに、どうしてわかった？
おれノリコのこと好《す》きだよ。
世界《せかい》でいちばん。
だけど、A《エー》は許《ゆる》せない。

マサオ
わたしのこと、はじめて好《す》きだって言《い》ってくれたね。
もうまいあがってるよ。

わたしもマサオが世界一《せかいいち》好《す》き。

だからマサオの好《す》きなCD《シーディー》だってわかるんだ。

A《エー》のことは忘《わす》れちゃおうよ。


マサオの字《じ》は乱暴《らんぼう》でなぐり書《が》きだが、ノリコの字《じ》は一字《いちじ》ずつていねいに書《か》いてある。

これだけ読《よ》むと、マサオはA《エー》という人物《じんぶつ》をひどく嫌《きら》っていることがわかる。

というよりこれは憎悪《ぞうお》だ。

春《はる》というのは、始業式《しぎょうしき》のことか？

その日《ひ》、A《エー》をこの世《よ》から抹殺《まっさつ》してしまおうというのか？

もし、それが本気《ほんき》なら、この交換日記《こうかんにっき》はたいへんな代物《しろもの》である。

放《ほう》っておくわけにはいかない。

A《エー》がどういう人物《じんぶつ》であろうと、身《み》に危険《きけん》が迫《せま》っていることを教《おし》えてやらなければならない。

その期間《きかん》は二週間《しゅうかん》しかない。

マサオもA《エー》もだれなのか、まったくわからない。

彼《かれ》らの住《す》んでいる場所《ばしょ》も、通《かよ》っている中学《ちゅうがく》もわからない。

わかっているのは、マサオ、ノリコという名前《なまえ》とA《エー》というイニシャルだけである。

これだって、本名《ほんみょう》ではなく、ただの記号《きごう》かもしれない。
――どうしたらいいのだろう?
有季《ゆうき》は、交換日記《こうかんにっき》を読《よ》みすすむことにした。

12月《がつ》30日《にち》
明日《あした》で今年《ことし》も終《お》わりだ。
来年《らいねん》はどんな年《とし》になるかな?
A《エー》にとっては、最後《さいご》の年《とし》になることはまちがいない。
おれにとっては……?
それはわからない。
A《エー》はおそろしいほど頭《あたま》がいい。
たいして勉強《べんきょう》もしてないみたいなのに、
あいつに追《お》いつけるやつはいない。
あいつは、どんなことでも自分《じぶん》の思《おも》いのままになると思《おも》ってる。
先生《せんせい》も親《おや》も、番長《ばんちょう》だって、あいつの思《おも》いどおりだ。
T《ティー》はおれの親友《しんゆう》でいいやつだった。

A《エー》はおもしろ半分《はんぶん》にT《ティー》を痛《いた》めつけた。
T《ティー》にとっては、つらかったにちがいない。
だから、T《ティー》は自殺《じさつ》してしまった。
A《エー》をこのまま許《ゆる》しておくわけにはいかない。
それじゃT《ティー》がかわいそうすぎる。

マサオ
A《エー》の怖《こわ》さをいちばんよく知《し》ってるくせに、
どうして、そんなムチャなことするの?
そんなことをしたら、どうなるかわかってるくせに。
T《ティー》くんはたしかに気《き》の毒《どく》だったけれど、それはしかたないこと、
来年《らいねん》になったら、A《エー》のことなんか忘《わす》れて、楽《たの》しくやろうよ。
楽《たの》しいことはいくらだってあるじゃない。

1月《がつ》1日《ついたち》
新年《しんねん》おめでとう。

おれは元気《げんき》だ。

A《エー》のことを忘《わす》れろと言《い》われたけど、やっぱり忘《わす》れられない。

どうしてもやるつもりだ。

三学期《がっき》はヤツを眠《ねむ》らせてはおかないぞ。

あいつの神経《しんけい》をずたずたにしてやる。

マサオ

オメデトウ。

三学期《がっき》、あんまりヤバイことやらないで。心配《しんぱい》よ。


有季《ゆうき》は、そこまで読《よ》んで、事態《じたい》が少《すこ》しずつわかってきた。

A《エー》という生徒《せいと》がいる。

こいつは頭《あたま》がずば抜《ぬ》けてよさそうだ。

先生《せんせい》や親《おや》には、いい子《こ》ちゃんを装《よそお》っているので信頼《しんらい》されている。

しかし、その裏《うら》で、だれにもわからないようにいじめなんかやっている。

こいつが、番長《ばんちょう》とか、つっぱりなら捜《さが》しだすことは簡単《かんたん》だが、まじめで勉強《べんきょう》ができるという仮面《かめん》をかぶっているので、見《み》つけるのはすごく難《むずか》しい。

交換日記《こうかんにっき》をここまで読《よ》んだだけで、有季《ゆうき》は、A《エー》のことが想像《そうぞう》できた。

こういうやつが有季《ゆうき》のそばにいたら、許《ゆる》せない。

マサオがA《エー》を殺《ころ》したいと思《おも》う気持《きも》ちはわかる気《き》がする。

しかし、いくら憎《にく》いから、いやなやつだからといって、殺《ころ》すのはよくない。

それだけはやめさせなくてはならない。

そのためには、まず、マサオを見《み》つけだすことだ。

マサオには、ノリコという女友《おんなとも》だちがいる。彼女《かのじょ》を見《み》つけてもいい。

3

『交換日記《こうかんにっき》読《よ》んだか？』

貢《みつぐ》からの電話《でんわ》である。

「まだ全部《ぜんぶ》は読《よ》んでない。だけど、A《エー》って悪《わる》いやつだね」

『そうだろう。おれだってぶっ殺《ころ》したくなったぜ』

「マサオは、本気《ほんき》かもしれないよ」

『そのことなんだけど、いまマサオから電話《でんわ》がかかってきたんだ』

「え？」

有季《ゆうき》は頭《あたま》が混乱《こんらん》した。

『こういうことだったんだ』

貢《みつぐ》は、マサオとの電話《でんわ》でのやりとりを再現《さいげん》してみせた。

『もしもし、おれマサオっていうんだけど……。名前《なまえ》を言《い》ってもわからないか。おたくの店《みせ》に交換日記《こうかんにっき》を置《お》き忘《わす》れたものだ。あれ、まだあるかな？』

「あるよ」

『中《なか》を見《み》たか？』

貢《みつぐ》は、見《み》てないと言《い》おうとしたが、正直《しょうじき》に言《い》ったほうがいいと思《おも》って、

「悪《わる》いけど読《よ》んだ」

と言《い》った。

『そうか、どうだった？』

「A《エー》って悪《わる》いやつだな。あんなやつがおれの近《ちか》くにいたら、おれだってぶっ殺《ころ》したくなるぜ」

『そうか、そう思《おも》ってくれたか』

マサオは、少《すこ》し声《こえ》に張《は》りが出《で》てきた。

「きみは本気《ほんき》でやるつもりか？」

『もちろん、本気《ほんき》さ』

「だけど、人殺《ひとごろ》しってのは感心《かんしん》しないぜ。見《み》つかったら、死刑《しけい》にはならないかもしれないけど、きみの人生《じんせい》は、一生《いっしょう》だめになる。そんなことしたら損《そん》じゃないか？」

『だいじょうぶ。そんなドジはしない。おれは今年《ことし》になってから、ずっと計画《けいかく》を練《ね》ってきたんだ。これは絶対《ぜったい》に完全犯罪《かんぜんはんざい》だ』

マサオの口調《くちょう》は、自信《じしん》にあふれている。

「わかったぞ。きみたちはおれをからかおうとしているな？　これはじょうだんだろう？　きみたちの創作《そうさく》なんだ」

『これが創作《そうさく》？　違《ちが》うよ。おれたちは、2A《ツーエー》探偵局《たんていきょく》に読《よ》んでもらおうと思《おも》って、わざとそこに置《お》いてきたんだから』

「きみは、2A《ツーエー》探偵局《たんていきょく》を知《し》っているのか？」

『知《し》ってる。有名《ゆうめい》じゃないか』

有名《ゆうめい》といわれて、貢《みつぐ》は少《すこ》し気分《きぶん》がよくなった。

「すると、きみは、近《ちか》くの中学生《ちゅうがくせい》か？」

『いや、近《ちか》くじゃない。でも、評判《ひょうばん》は聞《き》いてる』

「どんな評判《ひょうばん》だ？」

『どんな事件《じけん》も解決《かいけつ》するシャーロック・ホームズみたいだって』

「シャーロック・ホームズはオーバーだけど、なんのために交換日記《こうかんにっき》を置《お》いたんだ？」

『2A《ツーエー》探偵局《たんていきょく》に挑戦《ちょうせん》するためさ』

「挑戦《ちょうせん》？」

『その交換日記《こうかんにっき》を読《よ》んで、おれたちがだれか、A《エー》がだれかを推理《すいり》してみろよ。もし、四月七日《がつなのか》までにわかれば、おれたちはA殺《エーごろ》しを中止《ちゅうし》する。ただし、わからなければ、実行《じっこう》する』

「この交換日記《こうかんにっき》に書《か》いてあることが、うそでないことを証明《しょうめい》できるか？」

『できるよ。イースターを知《し》ってるか？』

「知《し》ってる。復活祭《ふっかつさい》のことだろう？」

復活祭《ふっかつさい》は、キリスト教徒《きょうと》にとって、クリスマスとともに重要《じゅうよう》な祝祭日《しゅくさいじつ》で、パレードをしたり、彩色《さいしき》をほどこした卵《たまご》がつきものである。

『そうだ。イースターに事件《じけん》が起《お》きる』

「今年《ことし》の復活祭《ふっかつさい》はいつなんだ？」

『三月三十日《がつにち》だ。その日《ひ》をおぼえておくといい』

「事件《じけん》って何《なん》だ？」

『それは、お楽《たの》しみ。びっくりすることは間違《まちが》いない』

「それまでに、きみらの正体《しょうたい》を暴《あば》いてみせるさ」

『どうぞ。がんばってくれよ。所長《しょちょう》によろしく』

電話《でんわ》は、そこで、一方的《いっぽうてき》に切《き》れた。


『そういうことだったのさ』

貢《みつぐ》が言《い》った。

「挑戦状《ちょうせんじょう》とは、マサオのやつ、味《あじ》なことをやるわね。おもしろいじゃない」

有季《ゆうき》は、闘志《とうし》が湧《わ》いてきた。

「2A《ツーエー》探偵局《たんていきょく》も、けっこう有名《ゆうめい》になってきたもんだぜ」

「アッシーは、そっちのほうがうれしいみたい。でも、三十日《にち》というと、あと五日《いつか》ね。何《なに》をやるのかな？」

「びっくりするようなことらしい。人《ひと》でも殺《ころ》すのかな？」

「それはしないと思《おも》う。学校《がっこう》は春休《はるやす》みで、だれもいないし」

「所長《しょちょう》によろしくって言《い》ったところをみると、かなり自信《じしん》があるらしいぜ」

「わたしのこと知《し》ってるのかもしれない。マサオは殺人《さつじん》をゲームだと思《おも》ってるみたい」

「そうかもしれない。A《エー》を殺《ころ》したいほど憎《にく》んでいるのはたしかだけれど、ただ殺《ころ》すんじゃ、おもしろくないんだろ？」

「わたしたちをゲームに参加《さんか》させようってわけ？」

「いやだとは言《い》えないじゃないか」

「とにかく、全部《ぜんぶ》読《よ》んでみるわ」

有季《ゆうき》は、電話《でんわ》を切《き》ると、交換日記《こうかんにっき》を読《よ》みはじめた。

1月《がつ》15日《にち》
去年《きょねん》の1月《がつ》15日《にち》、T《ティー》は自殺《じさつ》した。
あれから、もう一年《ねん》たった。
T《ティー》の自殺死体《じさつしたい》を最初《さいしょ》に見《み》つけたのはおれだった。

湖《みずうみ》のほとりの雑木林《ぞうきばやし》の中《なか》で冷《つめ》たくなっていた。

おれは、その日《ひ》T《ティー》と会《あ》う約束《やくそく》があったから行《い》ったのに、あいつは死《し》んでいた。

そばに、遺書《いしょ》があった。

だれにも見《み》せないでくれと書《か》いてあったので、おれはだれにも見《み》せていない。

T《ティー》の家《いえ》に知《し》らせると、遺体《いたい》を引《ひ》き取《と》り、病気《びょうき》で死《し》んだことにしてしまった。

おれは、だれにも話《はな》さないでくれと、固《かた》く口《くち》どめされた。

だから、みんなT《ティー》は病気《びょうき》で死《し》んだと思《おも》っている。

学校《がっこう》でA《エー》に会《あ》ったとき、

「T《ティー》みたいになるなよ」

と、あいつはおれに言《い》った。

冷《つめ》たい目《め》、おれはあの目《め》が忘《わす》れられない。

あいつはおれを警戒《けいかい》していたのだ。

おれは今日《きょう》、湖《みずうみ》に行《い》った。

顔《かお》が痛《いた》くなるほど寒《さむ》かった。

そのせいか、湖《みずうみ》にだれも人《ひと》はいなかった。

「T《ティー》よ、おまえのカタキはきっと取《と》ってやるからな」

マサオ
T《ティー》くんの遺書《いしょ》のことはじめて知《し》ったよ。
わたしにも見《み》せてくれないんだね。
何《なに》が書《か》いてあったの。
でも、A《エー》って怖《こわ》い。
T《ティー》みたいになるなよって、どういう意味《いみ》?
マサオがT《ティー》くんみたいになるなんていやだよ。

1月《がつ》16日《にち》
ノリコ、だからおれはA《エー》を殺《ころ》さなくちゃならないんだ。
やらなけりゃ、やられるんだ。
あいつのおれを見《み》る目《め》。ますます冷《つめ》たくなってきた。
だけど、こんどはおれがやる番《ばん》だ。
絶対《ぜったい》やられないさ。
遺書《いしょ》のことは、ノリコにも話《はな》せない。

4

有季《ゆうき》は、関東地方《かんとうちほう》の地図《ちず》を開《ひら》くと、湖《みずうみ》を探《さが》しはじめた。

近《ちか》いところでは、戸田市《とだし》の荒川沿《あらかわぞ》いに彩湖《さいこ》という細長《ほそなが》い小《ちい》さな湖《みずうみ》がある。

それから、東大和市《ひがしやまとし》に多摩湖《たまこ》（村山貯水池《むらやまちょすいち》）がある。

その北側《きたがわ》の所沢市《ところざわし》にあるのが狭山湖《さやまこ》（山口貯水池《やまぐちちょすいち》）である。

千葉県《ちばけん》では、大《おお》きいのは印旛沼《いんばぬま》、手賀沼《てがぬま》だが、小《ちい》さい池《いけ》といったものなら、いくつもある。

市原市《いちはらし》の千葉《ちば》こどもの国《くに》にある池《いけ》は名前《なまえ》がない。

長柄町《ながらまち》の市津湖《しづこ》、袖ケ浦市《そでがうらし》の上池《かみいけ》。君津市《きみつし》には郡《こおり》ダム。富津市《ふっつし》にもある。

東京都《とうきょうと》には奥多摩湖《おくたまこ》があるが、これは都心《としん》からだとかなり離《はな》れている。

これだけあると、どの湖《みずうみ》と特定《とくてい》することは難《むずか》しい。

T《ティー》は、自殺《じさつ》するつもりでマサオを呼《よ》びだしたに違《ちが》いない。

そうだとすれば、マサオとT《ティー》が湖《みずうみ》のそばに住《す》んでいるとは限《かぎ》らない。

一月十五日《がつにち》は成人《せいじん》の日《ひ》で休《やす》みだったから、遠《とお》くへ行《い》くことも可能《かのう》だったはずだ。

有季《ゆうき》は、湖《みずうみ》のことはひとまず置《お》いておいて、自殺《じさつ》した少年《しょうねん》を捜《さが》してみようと思《おも》った。

自殺《じさつ》したといっても、病死《びょうし》ということになっているので、警察《けいさつ》を調《しら》べてもむだだ。

印旛沼
狭山湖
多摩湖
奥多摩湖

ただし、死《し》んだのが去年《きょねん》の一月十五日《がつにち》だということはわかっているのだから、その日《ひ》に死《し》んだ中学生《ちゅうがくせい》を捜《さが》せばいい。

その範囲《はんい》は関東地方《かんとうちほう》の東京都《とうきょうと》、埼玉県《さいたまけん》、千葉県《ちばけん》、神奈川県《かながわけん》、茨城県《いばらきけん》ということに、ひとまず決《き》めた。

有季《ゆうき》は、テレビレポーターの矢場《やば》に頼《たの》もうと思《おも》った。

矢場《やば》のケータイに電話《でんわ》すると、すぐに出《で》た。

「もしもし、有季《ゆうき》です」

「おう、元気《げんき》か?」

「元気《げんき》です」

「春休《はるやす》みだろう。どこかへ遊《あそ》びにいくのか?」

「いいえ、事件《じけん》を抱《かか》えてますから遊《あそ》びにはいけません」

「事件《じけん》だって?」

事件《じけん》と言《い》うと、矢場《やば》の声《こえ》が変《か》わる。

「予告殺人《よこくさつじん》です」

「おい、本当《ほんとう》かよ?」

矢場《やば》は半分疑《はんぶんうたが》っている。

「本当《ほんとう》です。四月七日《がつなのか》に殺《ころ》されます」

「なぜ四月七日《がつなのか》なんだ？」

「その日《ひ》は中学《ちゅうがく》の始業式《しぎょうしき》なんです」

「始業式《しぎょうしき》に殺《ころ》すっていうのか？」

有季《ゆうき》は、これまでのいきさつを矢場《やば》に説明《せつめい》した。

「だれがだれを殺《ころ》すか、まったくわかっちゃいないんだな？」

「そうです。だから取《と》りあえず自殺《じさつ》したT《ティー》の身許《みもと》から調《しら》べたいと思《おも》うんです。矢場《やば》さん、おねがいできますか？」

「交換日記《こうかんにっき》か……。マサオは、なぜA《エー》に脅迫状《きょうはくじょう》を送《おく》らないんだ」

「これからやるつもりでしょう。その前《まえ》に、わたしたちに殺《ころ》す理由《りゆう》を説明《せつめい》したかったんだと思《おも》います」

「なぜ、きみたちなんだ？」

「それは、わたしたちの探偵局《たんていきょく》が有名《ゆうめい》だからです」

「自分《じぶん》で有名《ゆうめい》と言《い》ってりゃ世話《せわ》ない」

矢場《やば》が愉快《ゆかい》そうに笑《わら》った。

「マサオは、これは完全犯罪《かんぜんはんざい》だといばっています。だから止《と》められるものなら止《と》めてみろと、わたしたちに挑戦《ちょうせん》してるんです」

「そいつら、きみたちをからかっているんじゃないか？」

「わたしたちもそのことは考《かんが》えました。マサオからアッシーに電話《でんわ》がかかってきたので、アッシーがいたそうです。そうしたらイースターに必《かなら》ず事件《じけん》が起《お》きるから、それで本当《ほんとう》かうそかわかるだろうと言《い》ったそうです」

「今年《ことし》のイースターはいつだ？」

「三月《がつ》三十日《にち》です」

「五日後《いつかご》か……」

矢場《やば》は黙《だま》ってしまった。

「もしかしたら、だまされてるのかもしれないけれど、放《ほう》っておくわけにはいかないと思《おも》うんです。人《ひと》の命《いのち》がかかっているんですから」

「有季《ゆうき》の言《い》うことは正《ただ》しい。いいよ、調《しら》べてやる」

「ありがとうございます。さすが矢場《やば》さんです」

「こいつ」

そばにいたら、頭《あたま》をこつんとやられているな、と有季《ゆうき》は思《おも》った。

「その交換日記《こうかんにっき》、きみが読《よ》み終《お》わったら、おれにも見《み》せてくれ」

矢場《やば》が言《い》った。

「いいですよ。今《いま》まで読《よ》んだところでは、マサオはやると言《い》っていますが、ノリコのほうは、やらないでほしいと言《い》ってます」

「女《おんな》の子《こ》なら、そう言《い》うのが当《あ》たりまえだろう」

「ノリコを見《み》つけだすことができたら、殺人《さつじん》をやめさせることができます」

「そうだな」

矢場《やば》の心《こころ》もとない声《こえ》を聞《き》いていると、まだ半信半疑《はんしんはんぎ》だな、と、有季《ゆうき》は思《おも》った。

矢場《やば》の電話《でんわ》を切《き》った有季《ゆうき》は、また、交換日記《こうかんにっき》を読《よ》みはじめた。

5

秋元雅男《あきもとまさお》の父親《ちちおや》は、一流会社《いちりゅうがいしゃ》の課長《かちょう》である。

毎朝電車《まいあさでんしゃ》で東京《とうきょう》へ通《かよ》っている。

T《ティー》市《し》から特急《とっきゅう》に乗《の》れば、都心《としん》まで一時間《じかん》以内《いない》で行《い》ける。

母親《ははおや》の美可《みか》も東京《とうきょう》の会社《かいしゃ》に通《かよ》っている。

二人《ふたり》が出《で》かけるのは七時半《じはん》。まだ、雅男《まさお》は眠《ねむ》っている。

雅男《まさお》は小学校《しょうがっこう》のときから、それほど勉強《べんきょう》はしないのだが、成績《せいせき》はよかった。

中学《ちゅうがく》に入《はい》ってからも、やはりトップクラスの成績《せいせき》を維持《いじ》した。

塾《じゅく》には行《い》っているが、それはみんなが行《い》くから行《い》くだけのことで、塾《じゅく》ではほとんど遊《あそ》んでいる。

それでも成績《せいせき》がいいのは、父親《ちちおや》も母親《ははおや》も一流大学出《いちりゅうだいがくで》なので、血統《けっとう》だろうと言《い》われている。

両親《りょうしん》は、そう言《い》われるのが何《なに》よりうれしいらしく、二人《ふたり》とも雅男《まさお》のことを自慢《じまん》している。

成績《せいせき》さえよければ、親《おや》は何《なに》も言《い》わない。

雅男《まさお》は、そのことが小学校《しょうがっこう》のときから頭《あたま》にインプットされている。

担任《たんにん》は長尾富子《ながおとみこ》という女性教師《じょせいきょうし》だが、長尾《ながお》もまた雅男《まさお》には目《め》がなかった。

長尾《ながお》は三十五歳《さい》で独身《どくしん》だが、雅男《まさお》みたいな子《こ》どもならほしいと母親《ははおや》の美可《みか》に言《い》っていたという。

成績《せいせき》がよくて、素直《すなお》で明《あか》るい。教師《きょうし》がそういう生徒《せいと》を気《き》に入《い》るということを、雅男《まさお》は本能的《ほんのうてき》に知《し》っていて、それを演《えん》じている。

そう思《おも》わせれば、多少悪《たしょうわる》いことをしても目《め》をつぶってしまうのが人間《にんげん》なのだ。

雅男《まさお》が幼稚園《ようちえん》のころ、ここからさほど遠《とお》くないK《ケー》市《し》の団地《だんち》に住《す》んでいたことがある。

同《おな》じ幼稚園《ようちえん》に幸雄《ゆきお》という子《こ》どもがいた。

幸雄《ゆきお》は気《き》が弱《よわ》くて、いつも雅男《まさお》のあとにくっついていた。

あるとき、雅男《まさお》は幸雄《ゆきお》に命《めい》じて、小《ちい》さい子《こ》どもをいじめて泣《な》かせたことがあった。

子《こ》どもは家《いえ》に帰《かえ》って、二人《ふたり》にいじめられたことを言《い》いつけた。

親《おや》が雅男《まさお》の家《いえ》に電話《でんわ》してきたので、雅男《まさお》は、幸雄《ゆきお》とその家《いえ》に謝《あやま》りにいけと言《い》われた。

雅男《まさお》は、幸雄《ゆきお》をつれてその家《いえ》に行《い》くと、

「やったのはこいつだよ」

と、指《ゆび》さした。

「本当《ほんとう》にそうなの?」

子《こ》どもの母親《ははおや》がきいた。

「そうだよ。な」

雅男《まさお》が幸雄《ゆきお》に言《い》うと、幸雄《ゆきお》は、

「うん、ぼくがやった」

と、うなずいた。

この体験《たいけん》によって、悪《わる》いことは、自分《じぶん》でやらずに人《ひと》にやらせる、そうすれば、自分《じぶん》は怒《おこ》られずにすむ、
ということを学習《がくしゅう》した。

こんなにおもしろいことはない。

そのとき急《きゅう》に世《よ》の中《なか》が明《あか》るくなったような気《き》がしたことをおぼえている。

小学校《しょうがっこう》に入《はい》ってから、雅男《まさお》はせっせと子分《こぶん》をつくった。

子分《こぶん》にするのは簡単《かんたん》だ。

自分《じぶん》の下《した》につけば得《とく》するし、つかなければ損《そん》をすると思《おも》いこませればいい。

子分《こぶん》が一人《ひとり》ずつふえるにつれて、雅男《まさお》の力《ちから》はだんだん大《おお》きくなった。

小学校《しょうがっこう》では、ふつう体力《たいりょく》のあるやつがボスになるのだが、雅男《まさお》は、体力《たいりょく》のあるやつを、おだてたり、すかしたりして子分《こぶん》にし、こんどはその力《ちから》を利用《りよう》して、言《い》うことをきかないやつをやっつけた。

グループは大《おお》きくなれば圧倒的《あっとうてき》な力《ちから》になり、抵抗《ていこう》する者《もの》はいなくなる。

雅男《まさお》は、人前《ひとまえ》では絶対《ぜったい》に感情《かんじょう》を表《おもて》に出《だ》さないようつとめた。

そのことで、みんなは雅男《まさお》が何《なに》を考《かんが》えているかわからず、恐怖感《きょうふかん》を抱《いだ》かせることができるという計算《けいさん》だ。

もちろん、学校《がっこう》で暴《あば》れたりはせず、いつも優等生《ゆうとうせい》のようにふるまった。

長尾《ながお》はだから、雅男《まさお》のもう一つの顔《かお》をまったく知《し》らない。

雅男《まさお》の小学校《しょうがっこう》から中学《ちゅうがく》へは何人《なんにん》も行《い》ったので、中学《ちゅうがく》では、入学《にゅうがく》したときから勢力《せいりょく》を張《は》ることができた。

ほかの小学校《しょうがっこう》から、番《ばん》を張《は》っているやつも来《き》たが、そういうのはうまく丸《まる》めこんで、グループに吸収《きゅうしゅう》してしまった。

こうして、雅男《まさお》のグループはクラスを支配《しはい》するようになった。

雅男《まさお》が気《き》に入《い》らなければ、それは抹殺《まっさつ》を意味《いみ》するということを、だれも口《くち》には出《だ》さないが、意識《いしき》するようになった。

俊也《としや》の死以来《しいらい》、それは全員《ぜんいん》に定着《ていちゃく》した。

彼《かれ》は病死《びょうし》ということになっているが、自殺《じさつ》したということは、みんな知《し》っている。

しかし、それを話《はな》したらどうなるかわかっているから、だれも口《くち》にしないだけだ。
知《し》らないのは大人《おとな》だけ。秘密《ひみつ》は守《まも》られている。
雅男《まさお》にとって、目《め》ざわりな人間《にんげん》が二人《ふたり》いる。
浦川泰志《うらかわやすし》と真木《まき》かおりだ。
二人《ふたり》が雅男《まさお》に反抗《はんこう》しているわけではない。
しかし、二人《ふたり》の存在《そんざい》が雅男《まさお》の神経《しんけい》を逆《さか》なでするのだ。
泰志《やすし》とかおりが、仲《なか》がいいというのが気《き》にいらないのだ。
とくに、かおりが泰志《やすし》にほれこんでいるのは許《ゆる》せない。
このクラスの女子《じょし》は、雅男《まさお》以外《いがい》の男《おとこ》を好《す》きになってはならないのだ。
泰志《やすし》は、それでも雅男《まさお》の目《め》を気《き》にしているが、かおりはまったく気《き》にしない。
この二人《ふたり》の仲《なか》は、新学期《しんがっき》までには、なんとしてでも裂《さ》かなければならない。
そして、かおりに泰志《やすし》を捨《す》てさせ、雅男《まさお》を好《す》きにさせるのだ。

6

二月五日午後七時《がついつかごごじ》、雅男《まさお》が家《いえ》を出《で》ようとしたとき、ケータイが鳴《な》った。
『雅男《まさお》か？』

「だれだ？　おまえは」

『知《し》りたいか？　おれの名前《なまえ》なんてどうでもいい。おもしろいことを教《おし》えてやる』

「なんだ」

『明日学校《あしたがっこう》に行《い》ってみろ。おまえの秘密《ひみつ》、俊也《としや》が死《し》んだ本当《ほんとう》の理由《りゆう》を、全校生徒《ぜんこうせいと》と全職員《ぜんしょくいん》が知《し》ることになるだろう』

「うそだ！」

思《おも》わず大《おお》きい声《こえ》が出《で》た。

『明日《あした》は楽《たの》しい日《ひ》になるぜ』

電話《でんわ》は切《き》れた。

雅男《まさお》は、電話《でんわ》の内容《ないよう》をそばにいる平山猛《ひらやまたけし》につたえた。

「ふざけたやろうだ。心当《こころあ》たりはあるか？」

「ないことはないが、まだはっきりわからねえ」

「うちのクラスのやつか？」

「そうだ」

「教《おし》えろよ。つれてきて泥《どろ》をはかせてやる」

「まあ待《ま》て、もう少《すこ》し遊《あそ》ばせてやる」

「そんなこと言《い》っていいのか」

平山《ひらやま》が言《い》った。

「きっと、学校《がっこう》にビラでも貼《は》ったんだろう。行《い》ってはがしてこようぜ」

「そうだな。これから学校《がっこう》へ行《い》くか」

雅男《まさお》は、そうするしかないと思《おも》いながら、この電話《でんわ》のやろうは、そういうことも計算《けいさん》しているのではないかという気《き》がしてきた。

もしかしたら罠《わな》か？

しかし、行《い》くしかない。

雅男《まさお》たちの中学《ちゅうがく》の周辺《しゅうへん》は茶畑《ちゃばたけ》である。

夜《よる》になると人通《ひとどお》りはほとんどない。

中学校《ちゅうがっこう》はフェンスで取《と》り囲《かこ》まれているが、一か所《しょ》こわれているところがある。

外《そと》から見《み》るとわからないが、その部分《ぶぶん》を押《お》すと動《うご》くようになっている。

授業中《じゅぎょうちゅう》、そこから脱《ぬ》けだして外《そと》へ遊《あそ》びにいくために、雅男《まさお》が作《つく》ったものだ。

しかし、雅男《まさお》は一度《いちど》も脱《ぬ》けだしたことはない。

平山《ひらやま》が、仲間《なかま》の手島達也《てじまたつや》、脇坂徹《わきさかとおる》を呼《よ》びあつめた。

その夜《よる》は月明《つきあ》かりもなく、畑《はたけ》の中《なか》の道《みち》を歩《ある》いていると、体《からだ》が凍《こご》えてきそうだった。

学校《がっこう》のシルエットが闇《やみ》の中《なか》に浮《う》かびあがってきた。

そのシルエットがしだいに大《おお》きくなるにつれ、罠《わな》がしかけられているという不安《ふあん》が、ますますふくれあがってきた。

「気《き》をつけろ、何《なに》かあるかもしれない」

雅男《まさお》は三人《にん》に注意《ちゅうい》した。

しかし、三人《にん》はぜんぜん気《き》にしない。

学校《がっこう》に近《ちか》づいて、フェンスの破《やぶ》れたところから校庭《こうてい》に入《はい》った。

そこは校庭《こうてい》の隅《すみ》で、校舎《こうしゃ》までは四、五十メートルある。

「ビラが貼《は》ってあるとすれば、校舎《こうしゃ》しかねえな」

平山《ひらやま》が言《い》った。

四人《にん》が校庭《こうてい》を半《なか》ばまで進《すす》んだとき、突然《とつぜん》、犬《いぬ》のうなり声《ごえ》がした。

「犬《いぬ》だぞ、ヤベエ」

脇坂《わきさか》が言《い》ったとたん、闇《やみ》の中《なか》から黒《くろ》い塊《かたまり》がこちらに突《つ》き進《すす》んできた。

「逃《に》げろ!」

四人《にん》は、入《はい》ってきたフェンスの破《やぶ》れ目《め》に向《む》かって走《はし》った。

犬《いぬ》はすぐうしろに近《ちか》づいてきた。

脇坂《わきさか》が悲鳴《ひめい》を上《あ》げた。
やられたかと思《おも》った瞬間《しゅんかん》、雅男《まさお》は足首《あしくび》をかまれて倒《たお》れた。
起《お》きあがろうとすると、今度《こんど》は顔目《かおめ》がけて飛《と》びかかってきた。
犬《いぬ》の顔《かお》が目《め》の前《まえ》に迫《せま》った。思《おも》わず腕《うで》で顔《かお》をおおった。
その腕《うで》に犬《いぬ》がかみついた。
幸《さいわ》いスタジャンを着《き》ていたので痛《いた》みはない。
しかし、ふりほどこうとしてもふりほどけない。
「だれか、助《たす》けてくれ！」
雅男《まさお》は、闇《やみ》に向《む》かってどなった。
しかし、三人《にん》とも姿《すがた》は見《み》えない。フェンスから外《そと》へ逃《に》げだしてしまったに違《ちが》いない。
スタジャンの片袖《かたそで》はぼろぼろになり、ついに腕《うで》が露出《ろしゅつ》した。
そこに犬《いぬ》が歯《は》を立《た》てた。
激痛《げきつう》が全身《ぜんしん》を走《はし》りぬけた。
このままでは殺《ころ》されると思《おも》った。
そのとき、遠《とお》くのほうで、口笛《くちぶえ》のような音《おと》が聞《き》こえた。
すると、犬《いぬ》はさっと雅男《まさお》から離《はな》れて走《はし》りさってしまった。

雅男《まさお》がはうようにしてフェンスに近《ちか》づくと、棒《ぼう》を持《も》った三人《にん》がやってくるのと出会《であ》った。

「やられたのか?」

達也《たつや》がきいたが声《こえ》が出《で》ない。

雅男《まさお》は、黙《だま》ってうなずいた。

三人《にん》が雅男《まさお》を抱《だ》きかかえるようにして、フェンスの外《そと》へ引《ひ》きずりだした。

「あれが罠《わな》か?」

脇坂《わきさか》が言《い》った。

返事《へんじ》する気力《きりょく》も、雅男《まさお》には残《のこ》っていなかった。

「ビラはどうする? はがさなくてもいいのか?」

平山《ひらやま》が言《い》った。

「もういい」

また、犬《いぬ》に襲《おそ》われることを考《かんが》えると、ふたたび校庭《こうてい》に入《はい》っていく勇気《ゆうき》はなかった。

雅男《まさお》が家《いえ》に帰《かえ》ると、父親《ちちおや》と母親《ははおや》が言《い》い争《あらそ》いをしていて、雅男《まさお》が帰《かえ》ったことに気《き》づいていない。

ちょうどいいと思《おも》って、自分《じぶん》の部屋《へや》に入《はい》ると、ベッドにもぐりこんだ。

腕《うで》と足首《あしくび》がずきずきと痛《いた》む。

雅男《まさお》は、消毒薬《しょうどくやく》を持《も》ってきてつけておいた。

それでも痛《いた》みは引《ひ》かないが、がまんするしかない。
雅男《まさお》はテレビをつけた。どこもおもしろくもない番組《ばんぐみ》ばかり。
消《け》したとたんにケータイが鳴《な》った。
あいつだなと思《おも》った。
『もしもし、まだ、学校《がっこう》のビラはがしてないぜ。いいのか?』
雅男《まさお》は、黙《だま》っていた。
『そうか、声《こえ》も出《で》ないのか。これからもっとおもしろいことが起《お》きるから期待《きたい》してろ』
電話《でんわ》は切《き》れた。
もっとおもしろいこと。
あいつは、まだ何《なに》かやるつもりだ。
何《なに》を考《かんが》えているのか、まるで見当《けんとう》がつかない。
不安《ふあん》だけが急速《きゅうそく》にふくらむ。
向《む》こうがここまでやるなら、こっちもやるまでだ。
まず明日《あした》、学校《がっこう》へ行《い》ったら、泰志《やすし》とかおりを締《し》めあげることだ。
やつらがやったのなら、始末《しまつ》は簡単《かんたん》だ。
しかし、もしビラが校舎《こうしゃ》に貼《は》ってあったらどうしよう。

電話《でんわ》の様子《ようす》では、貼《は》ってあるのは間違《まちが》いなさそうだ。
といって、電話《でんわ》を真《ま》に受《う》けて、もう一度《いちど》学校《がっこう》へ行《い》く勇気《ゆうき》はない。
行《い》けば、また罠《わな》がしかけられている気《き》がしてならない。
雅男《まさお》は、頭《あたま》から毛布《もうふ》をかぶって、何《なに》も考《かんが》えるなと自分《じぶん》に言《い》い聞《き》かせた。

Ⅱ　落《お》とし穴《あな》

1

「二月五日《がついつか》の交換日記《こうかんにっき》はおもしろいわね。マサオは、何《なに》かやったみたいね」

有季《ゆうき》が言《い》った。

「これを読《よ》むと、ノリコのほうはまともだけど、マサオのほうは完全《かんぜん》に切《き》れちゃってるぜ」

貢《みつぐ》が言《い》った。

「でも、冷静《れいせい》よ。殺人《さつじん》ゲームを楽《たの》しんでるみたい。逆《ぎゃく》にA《エー》のほうが焦《あせ》っているみたい」

「まだ、マサオの正体《しょうたい》がつかめてないみたいだな」

貢《みつぐ》が言《い》ったとき、ドアがあいて、真之介《しんのすけ》が入《はい》ってきた。

「最近《さいきん》、おもしろい事件《じけん》はあるのか？」

真之介《しんのすけ》がきいた。

「ある。いまマーダー・ケースを抱《かか》えているんだ」

「殺人事件《さつじんじけん》か？」

真之介《しんのすけ》の目《め》が光《ひか》った。

「予告殺人《よこくさつじん》だ。起《お》きるのは四月七日《がつなのか》だ」

「やる日《ひ》が決《き》まってるのか？」

真之介《しんのすけ》がききかえした。

「いたずらだと思《おも》う？」

有季《ゆうき》がきいた。

「なんで四月七日《がつなのか》なんだ？」

「その日《ひ》は公立中学《こうりつちゅうがく》の始業式《しぎょうしき》なのよ。わたしたちは私立《しりつ》だからまだ学校《がっこう》ははじまらないけど」

「始業式《しぎょうしき》に殺《ころ》すってのは、なぜだ？」

「犯人《はんにん》はマサオっていうんだけど、殺人《さつじん》をゲームと考《かんが》えてるやつなのよ」

「ゲームか……。ゲームなら必《かなら》ず勝《か》つ方法《ほうほう》はあるってわけだ」

「そうなの。マサオはわたしたちに挑戦《ちょうせん》しろと言《い》ってるの」

「こいつはおもしろそうだな」

「それじゃ、わたしが説明《せつめい》したことの感想《かんそう》を言《い》って」

「マサオだが、こいつは頭《あたま》がよくて実行力《じっこうりょく》がある」

「わたしもそう思《おも》う」

有季《ゆうき》がうなずいた。

「マサオは三学期《がっき》になってから、A《エー》にプレッシャーをかけている。これは、A《エー》にはこたえているはずだ」

「そうかな？　A《エー》はプライドの高《たか》い男《おとこ》だぜ」

貢《みつぐ》が言《い》った。

「そういうやつは、他人《たにん》に弱《よわ》みを見《み》せられないから、いつもかっこうつけていなくちゃならない。それがA《エー》のウィークポイントだよ」

なるほど、そういう見方《みかた》があるのか、と有季《ゆうき》は思《おも》った。

「A《エー》を嫌《きら》いなやつは、たくさんいると思《おも》うな」

貢《みつぐ》が言《い》った。

「それはそうだろう。そうなると、自分《じぶん》の敵《てき》が多《おお》すぎて、捜《さが》すのがたいへんだ」

「マサオは、A《エー》と同《おな》じクラスかな？」

「そう考《かんが》えるのが自然《しぜん》だろう。T《ティー》と親友《しんゆう》だったというんだから」

「ぼくにも交換日記《こうかんにっき》を見《み》せてくれないか。そうすれば、もう少《すこ》しわかると思《おも》う」

真之介《しんのすけ》が言《い》った。

2

「今日《きょう》の帰《かえ》り、北野天神《きたのてんじん》に来《こ》い」

達也《たつや》が泰志《やすし》に言《い》った。

「今日《きょう》は、ちょっと都合《つごう》が悪《わる》いんだけど」

泰志《やすし》が、ぼそぼそっと言《い》った。

「来《き》たくなけりゃ来《こ》なくてもいい。そのかわり、あとでどうなっても知《し》らねえぞ」

「おどかすつもり？」

そばにいたかおりが言《い》いかけると、

「おまえもだ」

と、平山《ひらやま》が言《い》った。

「わたしは行《い》かない」

かおりは、凛《りん》として首《くび》をふった。

「そうか。じゃあ、泰志《やすし》がどうなってもいいんだな？」

平山《ひらやま》がすごんだ。

「いったい、わたしたちに何《なん》の用《よう》があるの？」

「聞《き》きてえことがあるんだ」

「聞《き》きたいことがあるなら、ここで言《い》ってよ」

「ここでは言《い》えねえことだ」

「言《い》えねえことって何《なに》よ？」

「がたがた言《い》わずに来《こ》い」

平山《ひらやま》がどなった。

「わたしたちは塾《じゅく》に行《い》くのよ。あなたたちみたいに、遊《あそ》んでられないのよ」

かおりは一歩《いっぽ》もあとへ引《ひ》かない。

「来《き》たくなけりゃ来《こ》なくてもいい。そのかわり、後悔《こうかい》するなよ」

平山《ひらやま》と達也《たつや》は、捨《す》てぜりふを残《のこ》して去《さ》った。

「あれだけ言《い》えば、きっと乗《の》る」

平山《ひらやま》は、達也《たつや》に言《い》った。

北野天神《きたのてんじん》は、学校《がっこう》から五百メートルくらいの距離《きょり》で、菅原道真《すがわらのみちざね》の神霊《しんれい》を招《まね》き、祀《まつ》った社《やしろ》である。

境内《けいだい》はかなり広《ひろ》く、杉《すぎ》がうっそうと茂《しげ》っている。

ここを訪《おとず》れる人《ひと》はほとんどないので、いつも静寂《せいじゃく》なたたずまいを見《み》せている。

午後《ごご》四時《じ》、北風《きたかぜ》が強《つよ》く寒《さむ》い。

雅男《まさお》たち四人《にん》は、足踏《あしぶ》みしながら、泰志《やすし》とかおりがやってくるのを待《ま》った。

「やつら、来《こ》ねえんじゃねえのか？」

脇坂《わきさか》が、腕時計《うでどけい》に目《め》を落《お》としてつぶやいた。

「来《く》る。必《かなら》ずやってくる。泰志《やすし》はそれほどばかじゃねえ」

平山《ひらやま》が言《い》った。

脇坂《わきさか》が鳥居《とりい》まで歩《ある》いていって、その前《まえ》からつづく一本道《いっぽんみち》を眺《なが》めている。

「来《く》るか？」

達也《たつや》がきいた。

「向《む》こうから、だれかやってくる」

「一人《ひとり》か、二人《ふたり》か？」

「二人《ふたり》だ」

「やっぱりそうか。来《く》ると思《おも》った」

平山《ひらやま》の頬《ほお》がゆるんだ。

「泰志《やすし》とかおりだ。手《て》をつないでるぜ」

脇坂《わきさか》が、みんなのほうに顔《かお》を向《む》けて言《い》った。

「やなやつらだ」

雅男《まさお》が吐《は》きすてるように言《い》った。

二人《ふたり》は鳥居《とりい》をくぐると、悪《わる》びれた様子《ようす》もなく、みんなのいる拝殿《はいでん》のほうに向《む》かって近《ちか》づいてきた。

「あのやろうの態度《たいど》はなんだよ」

平山《ひらやま》は、いまにもなぐりかかりそうな顔《かお》つきだ。

「頭《あたま》に来《き》ても、手出《てだ》しをするなよ」

雅男《まさお》は、平山《ひらやま》にチェックを入《い》れた。

ここでは、二人《ふたり》を脅《おど》したり、すかしたりしながら、二人《ふたり》の心《こころ》の底《そこ》にある本心《ほんしん》を探《さぐ》りだすことが必要《ひつよう》なのだ。

彼《かれ》らをぼこぼこにしてしまっては、やつの敵意《てきい》をあおるだけになってしまう。

それは得策《とくさく》ではないと雅男《まさお》は計算《けいさん》した。

二人《ふたり》は、雅男《まさお》の前《まえ》にやってきた。

「何《なん》の用《よう》だ？」

泰志《やすし》は、びびっていない。

「ききたいことがある。おまえ、おれのことをどう思《おも》ってる？」

「どう思《おも》ってるって？」

泰志《やすし》がききなおした。

「嫌《きら》いか好《す》きか?」

「嫌《きら》い、じゃない……」

「そうかな。おまえ三年《ねん》もおれと同《おな》じクラスになるのはいやだろう?」

「いや……」

泰志《やすし》は、あいまいに答《こた》えた。

「そのために、いちばんいい方法《ほうほう》は、おれを殺《ころ》してしまうことだ」

「それは言《い》いすぎだ。いくらなんでも、そんなこと考《かんが》えるやつはいない」

「ところがいるんだ。ここに」

雅男《まさお》は、泰志《やすし》を指《ゆび》さした。

「ばかなこと言《い》うな」

泰志《やすし》は、わずかに頬《ほお》をこわばらせた。

「おまえたちは、俊也《としや》と仲《なか》がよかった。俊也《としや》がなぜ死《し》んだか知《し》ってるな?」

「俊也《としや》くんが自殺《じさつ》したこと、クラスで知《し》らない者《もの》はいないよ」

かおりが言《い》った。

「彼《かれ》はなんで自殺《じさつ》したと思《おも》う?」

雅男《まさお》は、かおりに向《む》かって言《い》った。

「あんたのせいよ」

「そうだ。おれのせいだ。今度《こんど》はおまえたちの番《ばん》だ。おまえたちは自殺《じさつ》じゃない、心中《しんじゅう》だ」

雅男《まさお》は、唇《くちびる》の端《はし》をゆがめて笑《わら》って見《み》せた。

「だめよ。そんなことしたら、あんたが犯人《はんにん》だってことはすぐわかるわ」

「わからない方法《ほうほう》があるんだ」

「だめ、だめ」

かおりは首《くび》を振《ふ》って、

「わたしたちがいなくなったら、あんたが犯人《はんにん》だって遺書《いしょ》を書《か》いといたんだから」

「そうか、それは用意《ようい》がいいことだ。しかし、そんな遺書《いしょ》は紙《かみ》きれと同《おな》じだ。理由《りゆう》を教《おし》えようか。おまえたちが湖《みずうみ》で心中《しんじゅう》しても、おれたちにはアリバイがあるんだ。アリバイがあれば、どうにもならねえ」

「さすが、やるぜ」

脇坂《わきさか》がつぶやいた。

「おれたちをどうして殺《ころ》さなきゃなんないんだ？　理由《りゆう》を聞《き》かせてくれ」

泰志《やすし》が静《しず》かな調子《ちょうし》できいた。

「放《ほう》っときゃ、おまえたちがおれを殺《ころ》すからさ」

「この人《ひと》、おかしいよ。放《ほう》っておこうよ。もう帰《かえ》して」

かおりが言《い》った。

「これから、おれたちに歯向《はむ》かわねえと誓《ちか》ったら帰《かえ》してやる」

雅男《まさお》は、二人《ふたり》の顔《かお》を交互《こうご》に見《み》て言《い》った。

「歯向《はむ》かわない。これまでだって歯向《はむ》かったことなんてなかった」

泰志《やすし》はたんたんと言《い》った。

「そうか。それじゃ今日《きょう》のところは帰《かえ》してやる。しかし、もし歯向《はむ》かったことがわかったら、二人《ふたり》とも重《おも》りをつけて湖《みずうみ》の底《そこ》だ。わかったか?」

「わかった」

泰志《やすし》は答《こた》えたが、かおりは固《かた》く口《くち》を結《むす》んだままだった。

「じゃ、帰《かえ》れ」

二人《ふたり》が境内《けいだい》を出《で》ていってしまうと、平山《ひらやま》が、

「あれでいいのか?」

と、口《くち》をとがらせて言《い》った。

「いいんだ。やつらをもう少《すこ》し泳《およ》がせてみよう。そのかわり監視《かんし》を怠《おこた》るな」

雅男《まさお》は、三人《にん》に余裕《よゆう》のあるところを見《み》せなくてはと思《おも》った。

「ここでやっちまったほうが、あとぐされがなくて、いいと思《おも》うんだけどなあ」

平山《ひらやま》の表情《ひょうじょう》には、ありありと不満《ふまん》が読《よ》みとれた。

3

「交換日記《こうかんにっき》読《よ》んだよ。おもしろかった」

真之介《しんのすけ》が言《い》った。

「最初《さいしょ》のページに書《か》いてあった、暗号《あんごう》みたいなものはわかったか？」

貢《みつぐ》がきいた。

「記憶《きおく》、ＵＦＯ《ユーフォー》、にじ、人形《にんぎょう》、終《お》わり、赤《あか》のことか？」

「そうだ」

「あれは簡単《かんたん》だ。英語《えいご》にすればいい。Memory《メモリー》, UFO《ユーフォー》, Rainbow《レインボー》, Doll《ドール》, End《エンド》, Red《レッド》」

「それがどうだっていうんだ？」

「この最初《さいしょ》の文字《もじ》をつなげるんだ。M《エム》、U《ユー》、R《アール》、D《ディー》、E《イー》、R《アール》」

「ＭＵＲＤＥＲ《マーダー》、殺人《さつじん》か？」

「そうだ。裏《うら》のページ、ママ、８月《がつ》、彼女《かのじょ》、リンゴ、１は、Mama《ママ》, August《オーガスト》, She《シー》, Apple《アップル》, One《ワン》だから、
MASAO《マサオ》だ」

「真《しん》、やるなあ」

Mama
August
She
Apple
One

貢《みつぐ》がうなった。

「これくらいは、立《た》ちどころにわからなくちゃ。ワトソンくん」

真之介《しんのすけ》はにやりと笑《わら》った。

――そうか。

有季《ゆうき》は、それに気《き》づかなかった自分《じぶん》に、舌打《したう》ちしたくなった。

「この暗号《あんごう》は、きっとノリコは知《し》らないだろう。マサオだけの決意《けつい》に違《ちが》いない」

真之介《しんのすけ》が言《い》った。

「マサオは、おれたちには解《と》けまいと思《おも》って、こんな暗号《あんごう》を書《か》いたのかな？　ずいぶん見《み》くびられたものだ」

貢《みつぐ》が言《い》った。

「事実《じじつ》そのとおりだからしようがないよ」

貢《みつぐ》の言葉《ことば》が有季《ゆうき》の神経《しんけい》にひっかかる。

電話《でんわ》が鳴《な》った。

貢《みつぐ》が受話器《じゅわき》を取《と》って、

「矢場《やば》さんからだ」

と、有季《ゆうき》にわたした。

『死《し》んだ子《こ》どものことだが、これを調《しら》べるのはもう少《すこ》し時間《じかん》がかかる』

矢場《やば》が言《い》った。

「どのくらいかかりますか？」

『あと、一週間《しゅうかん》かな』

「だめですよ。それじゃ時間切《じかんぎ》れだわ。もっと早《はや》くしてください」

『無理《むり》を言《い》うなよ。できるだけ急《いそ》がせる』

「それから湖《みずうみ》のほうはどうなりましたか？」

『わからんな』

「矢場《やば》さんって、ぜんぜんやる気《き》がないみたい。人《ひと》が一人《ひとり》死《し》ぬかもしれないってのに」

『わかってる。やるよ、やるよ。このところ政治家《せいじか》の汚職事件《おしょくじけん》で駆《か》けずりまわっていたんだ』

「国《くに》のえらい人《ひと》が悪《わる》いことしてたんじゃ、子《こ》どもが悪《わる》いなんて言《い》う資格《しかく》はないですよ」

『本当《ほんとう》にきみの言《い》うとおりだ。大人《おとな》は自分《じぶん》の悪《あく》を棚《たな》に上《あ》げておいて、最近子《さいきんこ》どもが悪《わる》くなったと言《い》う。困《こま》ったもんだ』

「こうなったら、わたしたちが大人《おとな》をやっつけるしかないですよ。大人《おとな》は自分《じぶん》たちではやらないんだから」

『そのときは、大《おお》いに協力《きょうりょく》する』

矢場《やば》は早々《そうそう》に電話《でんわ》を切《き》ってしまった。

「矢場《やば》さんも頼《たよ》りにならないな」

貢《みつぐ》が、がっかりしたように肩《かた》を落《お》とした。

電話《でんわ》が鳴《な》った。

貢《みつぐ》が受話器《じゅわき》を取《と》ると、送話口《そうわぐち》を手《て》で押《お》さえて、

「マサオからだ。スピーカーに替《か》える」

と言《い》った。

『どうだ？　そちらのほうはうまく進《すす》んでいるか？』

有季《ゆうき》が、はじめて聞《き》くマサオの声《こえ》だ。

明《あか》るい、どこにでもいそうな少年《しょうねん》の声《こえ》だ。

「わたし、有季《ゆうき》。はじめまして」

有季《ゆうき》が言《い》った。

『ホームズくん、こちらはアルセーヌ・ルパンだ。わが輩《はい》をつかまえることができるかね？』

「できるわ」

『ほう。自信《じしん》があるなと言《い》いたいところだが、何《なに》もつかんでないんだろう？』

「それは、あなたが情報《じょうほう》を出《だ》し惜《お》しみするからよ。これじゃ、ルール違反《いはん》だわ。もっと洗《あら》いざらい出《だ》し

なさいよ、ケチ、それとも臆病《おくびょう》なの？」

有季《ゆうき》は、まくし立《た》てた。

『臆病《おくびょう》とは言《い》ってくれるじゃないか』

マサオは、大《おお》きい声《こえ》で笑《わら》った。

「笑《わら》ってごまかしてもだめ。あなたは本当《ほんとう》は臆病《おくびょう》なのよ。A《エー》を殺《ころ》すなんて言《い》ってるけど、殺《ころ》せやしないわよ」

『そんな挑発《ちょうはつ》にはのらないぞ』

マサオは、軽《かる》くかわした。

「そこにノリコさんはいるの？　いたら代《か》わりなさいよ」

数秒《すうびょう》すると、

『ノリコです』

と、か細《ぼそ》くて、聞《き》こえるか聞《き》こえないかくらいの声《こえ》がした。

「あなたがノリコさん？　マサオくんの恋人《こいびと》？」

『そうです』

「マサオくんは、これから人殺《ひとごろ》しをしようって言《い》ってるんだけど、あなたさんせい？」

『いいえ、反対《はんたい》です』

「じゃ、やめさせればいいのに」

『そう言《い》っても、やめないんです』

ノリコは、あきらめたような口調《くちょう》だ。

『もういいだろう』

マサオの声《こえ》に代《か》わった。

『A《エー》はこのままいったら、世《よ》の中《なか》のみんなに迷惑《めいわく》をかける人間《にんげん》になる。だから、いまのうちに芽《め》を摘《つ》みとっておいたほうがいいんだ』

「でも、神《かみ》さまでもないあなたがそれをやるのは、間違《まちが》ってると思《おも》う」

『間違《まちが》っていると思《おも》ったら、やる前《まえ》におれをつかまえろよ』

「きっとつかまえてみせるわ」

『楽《たの》しみにしてるぜ。それから、三月二十五日《がつにち》以降《いこう》の交換日記《こうかんにっき》は、一日《いちにち》ずつFAX《ファックス》で送《おく》るよ。では、健《けん》闘《とう》を祈《いの》る』

マサオは電話《でんわ》を切《き》った。

「こいつ、なかなかのものだな。相手《あいて》にとって不足《ふそく》はないぜ」

真之介《しんのすけ》は、闘志《とうし》をむきだしにはしない。余裕《よゆう》を持《も》っている。

4

二月《がつ》の最後《さいご》の日《ひ》、北野天神裏《きたのてんじんうら》の空家《あきや》で、雅男《まさお》たち四人《にん》が集《あつ》まった。

学校《がっこう》を出《で》て、空家《あきや》に着《つ》いたのは、午後五時《ごごじ》をまわっていた。

「この空家《あきや》が今日《きょう》からおれたちのアジトだ」

雅男《まさお》が言《い》った。

見《み》るからに古《ふる》ぼけた家《いえ》で、裏《うら》にまわってドアをあけると、中《なか》は暗《くら》くてよく見《み》えないが、かび臭《くさ》いにおいが漂《ただよ》っている。部屋《へや》に上《あ》がると、ほこりが舞《ま》いあがった。

そこはダイニング・キッチンだったらしく、テーブルといすがあった。

懐中電灯《かいちゅうでんとう》を向《む》けると、いすの上《うえ》にはほこりがたまっているので、部屋《へや》に落《お》ちていたぼろきれでふいた。

「あんまりいい気持《きも》ちしねえな」

平山《ひらやま》が首《くび》をすくめた。

たしかに、平山《ひらやま》の言《い》うとおりだと雅男《まさお》も思《おも》った。

「石油《せきゆ》ストーブと、電灯《でんとう》があれば、もう少《すこ》しよくなる」

脇坂《わきさか》が言《い》った。

「なあ、みんな聞《き》いてくれ。おれは新学期《しんがっき》になったら、うちの学校《がっこう》を支配《しはい》する。一組《くみ》は大《たい》したやつはいねえから簡単《かんたん》だ」

雅男《まさお》が達也《たつや》、平山《ひらやま》、脇坂《わきさか》に宣言《せんげん》した。

「三組《くみ》は、ちょっとうるせえぜ」

達也《たつや》が言《い》った。

「三井《みつい》と山岸《やまぎし》だろう。こんどの春休《はるやす》みにやつらをせん滅《めつ》しよう。二人《ふたり》をたたけば、あとは簡単《かんたん》だ」

「うちを支配《しはい》したら、つぎに何《なに》をやるつもりだ？」

達也《たつや》がきいた。

「T《ティー》市《し》にある十五の中学《ちゅうがく》を順番《じゅんばん》に征服《せいふく》する」

「すげえこと考《かんが》えてるんだな」

平山《ひらやま》が、すっかり感心《かんしん》している。

「それだけじゃねえ。その前《まえ》にうちの学校《がっこう》の教師《きょうし》を、おれたちの言《い》いなりにさせる」

「そんなことできるか？」

脇坂《わきさか》がきいた。

「できる。教師《きょうし》狩《が》りをやるんだ」

「教師《きょうし》狩《が》りってなんだ？」

達也《たつや》がきいた。

「教師《きょうし》を狩《か》るのさ。うちでいちばんでかいツラしてるのは、体育《たいいく》の川口《かわぐち》と教務主任《きょうむしゅにん》の三島《みしま》だ。この二人《ふたり》をやっつけちまえば、学校《がっこう》は、おれたちの思《おも》いどおりになる」

「よし、川口《かわぐち》はおれがやる。あいつだけは許《ゆる》せねえんだ」

平山《ひらやま》は、指《ゆび》をぼきぼき鳴《な》らした。

「川口《かわぐち》は、よく駅前《えきまえ》のバーに飲《の》みにいってる。その帰《かえ》りを襲《おそ》えばいいんだ」

達也《たつや》が言《い》った。

「よし決《き》まった」

平山《ひらやま》の目《め》が輝《かがや》いた。

「やつは柔道《じゅうどう》も空手《からて》もやってるから、平山一人《ひらやまひとり》では無理《むり》だ。四人《にん》がかりでやろうぜ」

達也《たつや》が言《い》った。

「まず、おれがスタンガンを使《つか》う。そうすりゃイチコロさ」

脇坂《わきさか》が言《い》った。

「今夜《こんや》、川口《かわぐち》は必《かなら》ず飲《の》みにいく。帰《かえ》りは十一時《じ》だ。女《おんな》づれのときもある。これは間違《まちが》いねえ」

平山《ひらやま》がはっきりと言《い》った。

「川口《かわぐち》がバーから出《で》てきたら、おれがスタンガンをかます。その後《あと》はまかせたぜ」

脇坂《わきさか》が言《い》った。

「いいだろう。川口《かわぐち》をボコボコにしてやる」

平山《ひらやま》が言《い》った。

そのとき、奥《おく》の部屋《へや》で何《なに》かが倒《たお》れるような音《おと》がした。

「だれかいるのか？」

達也《たつや》の顔《かお》がこわばった。

「まさか、こんな空家《あきや》に人《ひと》がいるわけねえだろう」

雅男《まさお》は笑《わら》いとばしたが、頬《ほお》がこわばってきた。

「おれが行《い》って見《み》てくる」

脇坂《わきさか》が言《い》うと、雅男《まさお》が、

「じゃあ、おれも行《い》く」

と言《い》った。

脇坂《わきさか》は、奥《おく》の部屋《へや》のドアをあけた。もう長《なが》い間《あいだ》あけていないのか、きしんだ音《おと》を立《た》てた。

懐中電灯《かいちゅうでんとう》で部屋《へや》の中《なか》を照《て》らすと、がらんとした部屋《へや》の中央《ちゅうおう》に、青《あお》いシートをかぶせた長細《ながほそ》いかたまりがあった。

「なんだ、あれは？」

脇坂《わきさか》が尻《しり》ごみして、部屋《へや》に入《はい》るのをためらった。

「おれが見《み》てくる」

雅男《まさお》は、怖《こわ》いのを我慢《がまん》してシートに近《ちか》づいた。

「シートをめくってみろ」

平山《ひらやま》が部屋《へや》の入口《いりぐち》で言《い》った。

雅男《まさお》は、シートのはしを少《すこ》し持《も》ちあげた。

目《め》の前《まえ》にガイコツがあった。

雅男《まさお》は、見《み》たとたん、腰《こし》が抜《ぬ》けてしまった。

「どうした？」

達也《たつや》が近《ちか》づいて懐中電灯《かいちゅうでんとう》を向《む》けた。

「ガイコツだ！」

達也《たつや》が叫《さけ》んだ。

三人《にん》が、おそるおそる近《ちか》づいてきた。

「ここで、だれか殺《ころ》されたんだ」

脇坂《わきさか》が悲鳴《ひめい》に近《ちか》い声《こえ》で言《い》った。

雅男《まさお》は、口《くち》を動《うご》かしても、声《こえ》が出《で》なくなった。

「ここは、おばけ屋敷《やしき》だ」

達也《たつや》の声《こえ》もふるえている。

「ちょっと待《ま》て」

平山《ひらやま》は、ガイコツに近《ちか》づいて手《て》をふれた。

「こいつは理科《りか》の実験室《じっけんしつ》にある骨格標本《こっかくひょうほん》じゃねえか」

平山《ひらやま》に言《い》われて、三人《にん》がガイコツのそばに寄《よ》ってきた。

「本当《ほんとう》だ」

脇坂《わきさか》の声《こえ》が明《あか》るくなった。

「だれが、こんないたずらしたんだ?」

達也《たつや》は、雅男《まさお》の顔《かお》を見《み》た。

「あいつだ」

雅男《まさお》はやっと人心地《ひとごこち》がついた。

それと同時《どうじ》に怒《いか》りがこみあげてきた。

「おれたちを驚《おどろ》かすためにやったのか?」

達也《たつや》が言《い》った。

「そうだ。やつは、今夜《こんや》おれたちがここに集《あつ》まることを知《し》ってたんだ」

「そんなことどうやってわかったんだ?」

「空家《あきや》のこと、おれたち学校《がっこう》でしゃべってたじゃんか。やつは、それを聞《き》いたんだ」

「なんてやつだ」

達也《たつや》が吐《は》きすてるように言《い》った。

「おれたちの話《はなし》を聞《き》いたっていうと、すぐそばにいたってわけか？」

脇坂《わきさか》が言《い》った。

「そういうことだ」

雅男《まさお》は、あのとき、だれが近《ちか》くにいたか思《おも》いだそうとした。

しかし、ぜんぜん思《おも》いだせない。

「泰志《やすし》かかおりはどうだ？」

平山《ひらやま》が言《い》った。

「いたような気《き》もするし、いなかったような気《き》もする。平山《ひらやま》の声《こえ》はでっかいから、近《ちか》くにいなくてもわかるさ」

達也《たつや》が言《い》った。

「さっきの物音《ものおと》は、やつがこの部屋《へや》にいたってことか？」

脇坂《わきさか》が言《い》った。

「そうかもしれねえ。調《しら》べてみようぜ」

達也《たつや》はとなりの部屋《へや》に入《はい》っていった。

「おい、この部屋《へや》の窓《まど》は破《やぶ》れてる。ここから入《はい》ったのかもしれねえ」

「そうか」

雅男《まさお》は、窓《まど》から暗闇《くらやみ》に懐中電灯《かいちゅうでんとう》を向《む》けた。しかし、何《なに》も見《み》えなかった。

「ここをアジトにするのはヤバイぜ。どこか別《べつ》のところを探《さが》そう」

脇坂《わきさか》が言《い》った。

雅男《まさお》も、なんとなくそんな気《き》がしていた。

「そろそろ、街《まち》へ行《い》こうぜ。ここにいると気分《きぶん》がおかしくなる」

平山《ひらやま》は気《き》にしてないふうだが、本心《ほんしん》はびびっているに違《ちが》いない。

その言葉《ことば》に救《すく》われたように、四人《にん》は空家《あきや》を出《で》た。

「おまえをねらってるやつ、ハンパじゃねえぜ」

達也《たつや》が歩《ある》きながら話《はな》しかけた。

「それはわかってる。敵《てき》がだれだか、見《み》つけりゃやっつけるのは簡単《かんたん》だが、姿《すがた》をあらわさねえんだ。それでいらつくんだ」

「もしかしたら、俊也《としや》の幽霊《ゆうれい》かもよ」

「やめろよ」

雅男《まさお》は、全身《ぜんしん》に鳥肌《とりはだ》が立《た》った。

「だけど、なんで姿《すがた》が見《み》えねえんだ。不思議《ふしぎ》だと思《おも》わねえか？」

「うちのクラスのやつに違《ちが》いないとは思《おも》うんだが……」

「泰志《やすし》とかおりか？」

「あいつたちがいちばん怪《あや》しいけど、証拠《しょうこ》がつかめないんだ。へたにやったら、ひどい目《め》に遭《あ》う」

「なんで？」

「かおりが警告《けいこく》してるんだ。だから、うかつにはやれねえ」

「二人《ふたり》が事故《じこ》でいなくなっちゃったら、おれたちは関係《かんけい》ねえぜ」

「そうだな」

考《かんが》えてみる価値《かち》はある、と雅男《まさお》は思《おも》った。

四人《にん》はゲーセンで十時半《じはん》まで時間《じかん》をつぶし、それから駅《えき》へ出《で》かけた。

一か所《しょ》に固《かた》まっていると目立《めだ》つので、四人《にん》はばらばらになって、建物《たてもの》のかげに隠《かく》れた。

脇坂《わきさか》だけがバーの近《ちか》くにおり、出《で》てきた川口《かわぐち》をスタンガンで倒《たお》したら、みんなに合図《あいず》を送《おく》るよう打《う》ち合《あ》わせをした。

やがて、時間《じかん》は十一時《じ》になった。

平山《ひらやま》の話《はなし》だと、川口《かわぐち》は十一時《じ》には出《で》てくるということだった。

十一時《じ》十分《ぷん》になっても出《で》てこない。

平山《ひらやま》がやってきた。

「おかしいな」

平山《ひらやま》が言《い》ったとき、雅男《まさお》のケータイが鳴《な》った。

『秋元《あきもと》か？』

いきなり男《おとこ》の大《おお》きな声《こえ》がした。びっくりして、

「はい」

と、とっさに答《こた》えてしまった。

『おまえたちは、おれを待《ま》ってるそうだな。今夜《こんや》はそっちには行《い》かんから帰《かえ》れ』

川口《かわぐち》の声《こえ》だ。

「はい」

『何《なに》を考《かんが》えとるんだ？』

雅男《まさお》は、あわてて電話《でんわ》を切《き》った。

「だれからの電話《でんわ》だ？」

平山《ひらやま》がきいた。

「川口《かわぐち》だ。今夜《こんや》はそっちには行《い》かんから帰《かえ》れと言《い》った」

「川口《かわぐち》がそんなこと言《い》ったのか？」

平山《ひらやま》の表情《ひょうじょう》が混乱《こんらん》している。

達也《たつや》がやってきたので、雅男《まさお》はそのことを説明《せつめい》した。

「やつがやったんだ」

達也《たつや》に言《い》われるまでもなくわかっている。

――もうがまんできない。

しかし、何《なに》をすればいいのだ？

Ⅲ　A《エー》の正体《しょうたい》

1

「秋元《あきもと》、授業《じゅぎょう》が終《お》わったら、サッカー部《ぶ》の部室《ぶしつ》に来《こ》い」

川口《かわぐち》が、教室《きょうしつ》に入《はい》ってきて言《い》うと、帰《かえ》っていった。

「昨日《きのう》のことかな？」

脇坂《わきさか》が心配《しんぱい》そうにきいた。

「そうだろう」

雅男《まさお》は平静《へいせい》をよそおったが、内心《ないしん》はおだやかでなかった。

これまで、教師《きょうし》に呼《よ》ばれて怒《おこ》られた経験《けいけん》はないからだ。

「おれたちも行《い》こうか？」

達也《たつや》がやってきて言《い》った。

「いいよ。一人《ひとり》で行《い》く」

「だいじょうぶか？　やつにボコボコにされるぞ」

「されたら仕返《しかえ》しするだけさ」

「だけど、やつの仕置《しお》きはハンパじゃねえぞ。殺《ころ》されるかと思《おも》った」

平山《ひらやま》が言《い》った。

「おれは、これまで先公《せんこう》に一度《いちど》もなぐられたことはない。もしなぐったら、そいつは絶対許《ぜったいゆる》さねえ」

「どうするつもりだ？」

「先公《せんこう》を廃業《はいぎょう》するか、それがいやなら死《し》んでもらう」

それは、雅男《まさお》の本心《ほんしん》であった。

三人《にん》は雅男《まさお》の顔色《かおいろ》から感《かん》じとったのか、黙《だま》ってしまった。

「達也《たつや》、こういうこともあるかと思《おも》って、ビデオカメラを家《いえ》から持《も》ってきた。これで、川口《かわぐち》がおれをやるところを全部撮影《ぜんぶさつえい》してくれ」

「いいよ。撮《と》ってどうするんだ？」

「ビデオテープを教育委員会《きょういくいいんかい》と新聞社《しんぶんしゃ》に送《おく》りつけてやるんだ。それから、テレビ局《きょく》にも」

「テレビに送《おく》りつけたら出《で》るぜ。『恐怖《きょうふ》の暴力教師《ぼうりょくきょうし》』とかって」

脇坂《わきさか》は、すっかり興奮《こうふん》して、ほおを紅潮《こうちょう》させた。

「出《で》たら間違《まちが》いなくこれさ」

雅男《まさお》は、手刀《てがたな》で首《くび》を切《き》るまねをした。

「こいつは、おもしれえことになりそうだぜ。思《おも》いきりやってくんねえかな」

平山《ひらやま》が声《こえ》をはずませた。

「人《ひと》のことだと思《おも》って、言《い》いたいことを言《い》ってくれるぜ。その前《まえ》に、川口《かわぐち》にチクったやつをさがさなくちゃ」

「やつに決《き》まってるだろう」

達也《たつや》が言《い》った。

その日《ひ》の授業《じゅぎょう》が終《お》わった。

達也《たつや》は、雅男《まさお》より一足先《ひとあしさき》に教室《きょうしつ》を出《で》て、サッカー部《ぶ》の部室《ぶしつ》へ向《む》かった。

「じゃあ、行《い》ってくる」

雅男《まさお》は、軽《かる》く手《て》を上《あ》げて教室《きょうしつ》を出《で》た。

雅男《まさお》のあとに、平山《ひらやま》、脇坂《わきさか》がつづいた。

雅男《まさお》が廊下《ろうか》をゆっくり歩《ある》いていくと、部室《ぶしつ》に川口《かわぐち》が入《はい》る姿《すがた》が見《み》えた。

「何《なに》があっても助《たす》けには来《く》るなよ。やりたいほうだいやらせたほうが、やつに返《かえ》ってくる反動《はんどう》もでかくなるんだ」

「わかってる」

平山《ひらやま》がうなずいた。

雅男《まさお》は部室《ぶしつ》に入《はい》った。この部屋《へや》のすみに、達也《たつや》が隠《かく》れて、ビデオカメラをまわしているはずだ。

部屋《へや》の中央《ちゅうおう》にいすを置《お》き、トレシャツにスニーカー姿《すがた》の川口《かわぐち》が竹刀《しない》を持《も》ってすわっていた。

「そこへ正座《せいざ》しろ」

川口《かわぐち》は、竹刀《しない》で床《ゆか》をたたいた。

雅男《まさお》は、言《い》われるままに正座《せいざ》した。

「きのう、おまえらが計画《けいかく》したことを、包《つつ》みかくさずおれに話《はな》せ」

「計画《けいかく》って何《なん》のことですか？」

雅男《まさお》は、真《ま》っすぐ川口《かわぐち》を見《み》て言《い》った。

「おれをフクロにする計画《けいかく》だ。考《かんが》えたのはおまえだろう？」

「ぜんぜん知《し》りません」

「かくしてもだめだ。こっちにはちゃんとわかっているんだ」

「何《なに》がわかってるんですか？」

「なめるんじゃない！」

怒声《どせい》とともに、川口《かわぐち》は思《おも》いきり床《ゆか》を竹刀《しない》でたたいた。

雅男《まさお》が黙《だま》っていると、今度《こんど》は急《きゅう》に、ねこなで声《ごえ》になって、

「おまえは秀才《しゅうさい》だ。おまえのことを悪《わる》く言《い》う教師《きょうし》は一人《ひとり》もいない。このままいけば一流高校《いちりゅうこうこう》に行《い》けるのは間違《まちが》いない。だからおれも、おまえのことは信用《しんよう》していた。おまえは教師《きょうし》を裏切《うらぎ》るようなやつじゃない。だれかにそそのかされたんだろう？」

と、顔《かお》を近《ちか》づけて言《い》った。

「ぼくは、先生《せんせい》を裏切《うらぎ》っていません。第一《だいいち》、どうしてぼくが先生《せんせい》をフクロにしなくちゃならないんですか？　理由《りゆう》を教《おし》えてください」

「理由《りゆう》は、こちらのほうが聞《き》きたい」

「ぼくは、先生《せんせい》のことをこれっぽっちも憎《にく》んでいません。逆《ぎゃく》にいい先生《せんせい》だと思《おも》っています。これは本当《ほんとう》です」

「おまえには、表《おもて》の顔《かお》と裏《うら》の顔《かお》があると教《おし》えてくれた者《もの》がいるのだ」

「だれですか？　うちの学校《がっこう》の生徒《せいと》ですか？」

「それは言《い》えん」

「だれかがチクったんですね？」

「忠告《ちゅうこく》してくれたんだ。今日《きょう》、秋元《あきもと》たち四人《にん》が張《は》りこんでいるから、バーを出《で》ると、帰《かえ》りに襲《おそ》われるって」

「すると、だれかが、バーに電話《でんわ》してきたんですか？」

「そうだ」

「そいつ、自分《じぶん》の名前《なまえ》は言《い》いましたか？」

「言《い》わん。かわりにおまえはまじめそうにふるまっているが、裏《うら》では、口《くち》にできないほど悪《わる》いことをしていると教《おし》えてくれた」

「そんなのみんなでたらめです。そいつはきっと、ぼくのことをねたんでいるんです」

「何《なに》をねたむんだ？」

「成績《せいせき》でぼくに勝《か》てないことです。学校《がっこう》にはそういうやつが何人《なんにん》かいます」

「おまえのほかには、手島《てじま》と平山《ひらやま》、脇坂《わきさか》の三人《にん》だ。おまえたち四人《にん》は、おやじ狩《が》りもやったそうだな？」

「そんなことぜんぜんやってません。何《なに》か証拠《しょうこ》でもあるんですか？」

「証拠《しょうこ》だと？　生意気《なまいき》なことを言《い》うな！」

川口《かわぐち》は、雅男《まさお》の肩口《かたぐち》をいきなり竹刀《しない》でなぐった。

「先生《せんせい》、暴力《ぼうりょく》をふるいましたね？　教師《きょうし》が暴力《ぼうりょく》をふるってもいいんですか？」

雅男《まさお》は、わざと挑発《ちょうはつ》するように言《い》った。

「生意気《なまいき》言《い》うな！」

川口《かわぐち》は雅男《まさお》の腹《はら》をなぐった。

決《けっ》して顔《かお》をなぐったりしないのは、痕《あと》が残《のこ》るのを警戒《けいかい》してのことに違《ちが》いない。

人《ひと》からやられたことのない雅男《まさお》は、防《ふせ》ぐ方法《ほうほう》を知《し》らない。その場《ば》に伸《の》びてしまった。

2

雅男《まさお》が気《き》がついたのは、保健室《ほけんしつ》のベッドの上《うえ》だった。

目《め》をあけると、達也《たつや》、脇坂《わきさか》、平山《ひらやま》の顔《かお》が見《み》えた。

「ここはどこだ？」

雅男《まさお》は、なぜ自分《じぶん》がここにいるのかわからない。

「ここは保健室《ほけんしつ》だ。おまえが気《き》を失《うしな》ったから連《つ》れてきたんだ」

そう言《い》われて、やっと川口《かわぐち》になぐられたことを思《おも》いだした。

急《きゅう》に体《からだ》の節々《ふしぶし》が痛《いた》くなった。

「ビデオ撮《と》れたか？」

雅男《まさお》は、達也《たつや》にきいた。

「やつにばれて、おれもやられた」

「ビデオは？」

「川口《かわぐち》に取《と》られた」

達也《たつや》は、痛《いた》そうに顔《かお》をしかめた。

「そうか、ビデオを取《と》られたのか」

これでは、川口《かわぐち》をやっつける証拠《しょうこ》がない。

「川口《かわぐち》、どうした？」

雅男《まさお》がきいた。

「もう一度《いちど》こんなことをしたら、四人《にん》とも半殺《はんごろ》しにすると言《い》った」

平山《ひらやま》が言《い》った。

「あいつはとんでもないやつだ。かかわらねえほうがいい」

脇坂《わきさか》もすっかりびびっている。

「おまえ、体《からだ》がきついのか？」

雅男《まさお》は、達也《たつや》がいつもより元気《げんき》がないのを見《み》て言《い》った。

「おれはいいけど、秋元《あきもと》は家《いえ》に帰《かえ》って休《やす》んだほうがいいと思《おも》ってさ」

「おれは、だいじょうぶだ」

雅男《まさお》は痛《いた》さをがまんして、胸《むね》を張《は》ってみせた。

「それじゃ、やろう。今日《きょう》は一組《くみ》の連中《れんちゅう》だ」

達也《たつや》は、言《い》ったとたん顔《かお》をしかめた。

「どうした？」

雅男《まさお》は、達也《たつや》の顔《かお》をのぞきこんだ。

「腹《はら》が痛《いた》くなった」

達也《たつや》は腹《はら》を押《お》さえて、しゃがみこんでしまった。

「だいじょうぶか？」

雅男《まさお》がきいても、達也《たつや》は返事《へんじ》もしないで腹《はら》をかかえている。

「医者《いしゃ》に行《い》け。だれかついていってやれ」

「いいよ、一人《ひとり》で行《い》く」

達也《たつや》は、腹《はら》を押《お》さえながら、ゆっくりと歩《ある》きだした。

3

3月1日《がつついたち》
始業式《しぎょうしき》まであと一か月《げつ》と少《すこ》しだ。
一年《ねん》のとき　はじめてノリコを見《み》たときのことは忘《わす》れられない。
二年《ねん》になって同《おな》じクラスになれたときはうれしかった。
三年《ねん》になって、また同《おな》じクラスになれるといいのになあ。

きょうのマサオはいつもとちがう。
どうして、急《きゅう》にそんなこと言《い》いだしたの？
何《なに》かあったの？
三年《ねん》になっても、マサオといっしょのクラスになりたい。
それは　わたしも同《おな》じ。

3月《がつ》3日《か》
きょうは、ひなまつり。

このごろのA《エー》を見《み》たか？
すっかり元気《げんき》がないだろう？
だれにやられてるか、
さがしてもさがしても、わからない。
だから、あせってるんだ。
この分《ぶん》じゃ、４月《がつ》７日《か》の始業式《しぎょうしき》までもたないかもしれない。

マサオ、たしかにA《エー》は変《へん》だよ。
きょうはテストだったけど、ぜんぜんだめだったみたい。
こんなことはじめてだよ。
勉強《べんきょう》も手《て》につかないみたい。
ちょっとかわいそう。
でも、やっぱりにくい。
あんなやつ、いないほうがいい。

「三月《がつ》になってから、日記《にっき》の調子《ちょうし》が変《か》わってきたと思《おも》わないか？」

真之介《しんのすけ》が言《い》った。

「そうだね。ノリコがやめろと言《い》わなくなったね。どうしてかしら？」

有季《ゆうき》は、そのことが、ちょっと気《き》にかかっていた。

「Ａ《エー》の状況《じょうきょう》が変《か》わったんだ」

電話《でんわ》が鳴《な》った。

貢《みつぐ》が受話器《じゅわき》を取《と》って、

「矢場《やば》さんだ」

と言《い》った。

声《こえ》がスピーカーから流《なが》れてくる。

『その後《ご》、そちらの状況《じょうきょう》はどうだ？』

「矢場《やば》さんの情報待《じょうほうま》ちですよ」

有季《ゆうき》が言《い》った。

『では、おれの調査結果《ちょうさけっか》を教《おし》える』

今日《きょう》の矢場《やば》は自信《じしん》のある口調《くちょう》だ。

「何《なに》かつかみましたね？」

貢《みつぐ》が言《い》った。

『そのとおり』

「死《し》んだ中学生《ちゅうがくせい》の名前《なまえ》はわかりましたか？」

『わかった。ただし、去年《きょねん》の一月《がつ》はインフルエンザが流行《りゅうこう》して、二人《ふたり》亡《な》くなっている』

「一月《がつ》十五日《にち》に？」

『そうだ。名前《なまえ》を言《い》うからメモしろ』

「はい、どうぞ」

有季《ゆうき》は、ボールペンを手《て》にした。

『大内隆《おおうちたかし》、溝口俊也《みぞぐちとしや》の二人《ふたり》だ。いずれも当時《とうじ》中学《ちゅうがく》一年生《ねんせい》。二人《ふたり》の中学《ちゅうがく》の所在地《しょざいち》は東京《とうきょう》の西北《せいほく》三十キロのところにあるT《ティー》市《し》だ』

「T《ティー》市《し》というと……。そうかS《エス》湖《こ》がある。わたし行《い》ったことがあります」

有季《ゆうき》は、つい声《こえ》が大《おお》きくなった。

「おれも、湖《みずうみ》のそばの遊園地《ゆうえんち》に行《い》ったことあるぜ」

貢《みつぐ》が言《い》った。

「学校《がっこう》はどこですか？」

『大内《おおうち》は第一中学《だいいちちゅうがく》、溝口《みぞぐち》は第三中学《だいさんちゅうがく》だ』

「T《ティー》市《し》に中学《ちゅうがく》はいくつあるんですか？」

『ここは三十万都市《まんとし》だから、十五ある』

「十五もあるんですか？」

貢《みつぐ》が、おどろいた顔《かお》をした。

「十五あっても、第一《だいいち》、第三《だいさん》の二つを調《しら》べればいいんだから、そんなにたいへんではないわ」

有季《ゆうき》は動《どう》じない。

『しかし、彼《かれ》らの死因《しいん》は二人《ふたり》ともインフルエンザだ。不審《ふしん》な点《てん》はない。さあどうする？　お手並《てな》み拝見《はいけん》といこう』

矢場《やば》は電話《でんわ》を切《き》った。

「矢場《やば》さん楽《たの》しんでるぜ。どうする？」

貢《みつぐ》は有季《ゆうき》にきいた。

「まず、二人《ふたり》が通《かよ》っていた中学《ちゅうがく》を調《しら》べることからはじめよう。といっても、いまは春休《はるやす》みだから、その学校《がっこう》に通《かよ》ってる子《こ》にきくしかないわね」

「おれ、T《ティー》市《し》の地図《ちず》を買《か》ってくるよ」

貢《みつぐ》は、店《みせ》から出《で》ていった。

「二人《ふたり》ともインフルエンザというのは、もし交換日記《こうかんにっき》に書《か》いてあることが本当《ほんとう》だとしたら、死亡診断書《しぼうしんだんしょ》を書《か》いた医者《いしゃ》が、うそをついたということになる。それとも、T《ティー》の自殺《じさつ》はうそか……。どっちだと思《おも》う？」

真之介《しんのすけ》は、大《おお》きい目《め》で有季《ゆうき》を見《み》つめた。


貢《みつぐ》がテーブルの上《うえ》に、T《ティー》市《し》の一万《まん》五千分《ぶん》の一の地図《ちず》を開《ひら》いた。

「これが湖《みずうみ》か？」

真之介《しんのすけ》は、左下隅《ひだりしたすみ》を指《ゆび》さした。

かなりの大《おお》きさである。東京都《とうきょうと》の水《みず》がめとして、昭和《しょうわ》のはじめに完成《かんせい》した人造湖《じんぞうこ》である。

中学《ちゅうがく》は、市内《しない》の各所《かくしょ》に散在《さんざい》している。

数《かぞ》えてみると、たしかに十五あった。

第一中学《だいいちちゅうがく》は、市《し》の中心部《ちゅうしんぶ》にある。

第三中学《だいさんちゅうがく》は、市《し》の西部《せいぶ》にありS《エス》湖《こ》に近《ちか》い。


「どこからはじめる？」

貢《みつぐ》が真之介《しんのすけ》にきいた。

「第一《だいいち》、第三《だいさん》とやったら」

真之介《しんのすけ》の言《い》うことに、反対《はんたい》する理由《りゆう》もなかったので、

「そうしよう。さっそくあす行《い》こう」

貢《みつぐ》が同意《どうい》すると、

「そうだ。菊地《きくち》さんと相原《あいはら》さんにも来《き》てもらおうよ」

有季《ゆうき》が言《い》った。

4

三月《がつ》二十八日《にち》。

テレビの天気予報《てんきよほう》は、今日《きょう》は四月下旬《がつげじゅん》の気温《きおん》になるだろうと言《い》ったが、有季《ゆうき》は、家《いえ》を出《で》たとたん、ジャケットを脱《ぬ》いだ。

新宿駅《しんじゅくえき》で貢《みつぐ》と真之介《しんのすけ》に会《あ》ったが、二人《ふたり》とも半袖《はんそで》のポロシャツを着《き》ていた。

少《すこ》し遅《おく》れてやってきた英治《えいじ》と相原《あいはら》もT《ティー》シャツ姿《すがた》だ。

「有季《ゆうき》、協力《きょうりょく》するとは言《い》ったけど、急《きゅう》すぎるじゃないか」

開口一番《かいこういちばん》、英治《えいじ》が言《い》うと、

「ごめんなさい。ふと思《おも》いだしちゃったんです」

有季《ゆうき》は、申《もう》し訳《わけ》なさそうに頭《あたま》を下《さ》げてから、二人《ふたり》にT市《ティーし》での調査内容《ちょうさないよう》と手順《てじゅん》を説明《せつめい》した。

春休《はるやす》みだし、天気《てんき》もいいので、駅《えき》は子《こ》どもづれの行楽客《こうらくきゃく》で混雑《こんざつ》していた。

五人《にん》の乗《の》った特急《とっきゅう》は、四十分弱《ぶんじゃく》でT駅《ティーえき》に着《つ》いた。

駅前《えきまえ》の繁華街《はんかがい》を抜《ぬ》けて、線路《せんろ》をくぐると公園《こうえん》に出《で》た。

その公園《こうえん》を突《つ》っきったところに第一中学《だいいちちゅうがく》はあるはずだ。

公園《こうえん》には桜並木《さくらなみき》があって蕾《つぼみ》をふくらませているが、まだ咲《さ》いてはいない。

今年《ことし》の開花予想《かいかよそう》は四月《がつ》二日《ふつか》だから、満開《まんかい》になったら、きっとすてきになるだろうと有季《ゆうき》は思《おも》った。

しかし、貢《みつぐ》たちは、まだ開花《かいか》していない桜《さくら》にはまったく無関心《むかんしん》なのか、桜並木《さくらなみき》を足早《あしばや》に歩《ある》いていく。

公園《こうえん》を突《つ》っきると広《ひろ》い通《とお》りに出《で》た。そのあたりが官庁街《かんちょうがい》である。

第一中学校《だいいちちゅうがっこう》は、通《とお》りの向《む》こう側《がわ》に見《み》えた。

鉄筋《てっきん》四階《かい》建《だ》ての、まだ建《た》てて間《ま》もない中学校《ちゅうがっこう》である。

フェンスの隙間《すきま》から運動場《うんどうじょう》を見《み》ると、サッカーの練習《れんしゅう》をしていた。

正面《しょうめん》にまわってみたが、鉄《てつ》の門《もん》が閉《し》まっていて、中《なか》に入《はい》ることはできない。

「どうする?」

相原《あいはら》がきいた。

「練習《れんしゅう》が終《お》わるまで待《ま》ちましょう」

貢《みつぐ》は、こともなげに言《い》った。

「いつ終《お》わるか、わかんないぜ」

「しかたないですよ」

英治《えいじ》がいらついても、貢《みつぐ》は、まるで気《き》にしていない。

「五人《にん》でずっとここにいても、時間《じかん》がもったいないから、二手《ふたて》に分《わ》かれましょう。相原《あいはら》さんとアッシーはここを調査《ちょうさ》してください。菊地《きくち》さんと真《しん》とわたしは、第三中学《だいさんちゅうがく》に行《い》きましょう」

有季《ゆうき》が言《い》った。

「そうしよう。では、相原《あいはら》さん、生徒《せいと》が出《で》てくるまで、ここで待《ま》ちましょう」

貢《みつぐ》は、そう言《い》うと地面《じめん》に腰《こし》をおろしてしまった。

「それじゃ、わたしたちは出《で》かけるわね」

有季《ゆうき》たちは、一度《いちど》T駅《ティーえき》に戻《もど》ると、そこから遊園地《ゆうえんち》行《い》きの電車《でんしゃ》に乗《の》りかえた。

三人《にん》が、第三中学《だいさんちゅうがく》の近《ちか》くの駅《えき》で降《お》りると、真之介《しんのすけ》が、

「第三中学《だいさんちゅうがく》の聞《き》きこみ調査《ちょうさ》は、有季《ゆうき》と菊地《きくち》さんにおまかせして、ぼくはT《ティー》が自殺《じさつ》したという湖《みずうみ》に行《い》ってくるよ。現場《げんば》の周辺《しゅうへん》についても、くわしく知《し》っておきたいからね」

と言《い》って、一人《ひとり》で行《い》ってしまった。

有季《ゆうき》と英治《えいじ》が、地図《ちず》を見《み》ながら茶畑《ちゃばたけ》の中《なか》の道《みち》を歩《ある》いていくと、前方《ぜんぽう》に学校《がっこう》らしい建物《たてもの》が見《み》えてきた。

「あれが第三中学《だいさんちゅうがく》だな」

と、英治《えいじ》が言《い》った。

畑《はたけ》の中《なか》に建《た》つ学校《がっこう》は、運動場《うんどうじょう》も広《ひろ》く、テニスの練習《れんしゅう》をしている女子中学生《じょしちゅうがくせい》の姿《すがた》が、フェンス越《ご》しに見《み》

えた。

学校《がっこう》の近《ちか》くまで行《い》くと、校門《こうもん》から二人《ふたり》の女子中学生《じょしちゅうがくせい》がこちらにやってくる。

「あの二人《ふたり》にききましょう」

有季《ゆうき》は、やってくる女子生徒《じょしせいと》を待《ま》ちうけた。

「こんにちは？」

有季《ゆうき》がにこにこしながら言《い》うと、女子生徒《じょしせいと》もつられたのか、

「こんにちは」

と、にっこりした。

「ちょっとききたいことがあるんだけれど、教《おし》えてくれる？」

「何《なに》？」

女子生徒《じょしせいと》は警戒心《けいかいしん》を解《と》いたのか、親《した》しげな口調《くちょう》になった。

「あなたたち何年《なんねん》？」

「二年《ねん》。じゃない、四月《がつ》には三年《ねん》」

「そう。あなたたちが一年《ねん》のときだと思《おも》うけど、溝口俊也《みぞぐちとしや》って子《こ》がいたのをおぼえてる？」

有季《ゆうき》は、できるだけさりげなくきいた。

「溝口《みぞぐち》くん、知《し》ってるよ。インフルエンザで亡《な》くなった子《こ》でしょう？」

女子生徒《じょしせいと》の一人《ひとり》が言《い》った。

胸《むね》に島村《しまむら》というネームプレートがついている。

「そう、おれたち彼《かれ》のいとこで、静岡《しずおか》からやってきたんだ。どんな学校《がっこう》に通《かよ》っていたか知《し》りたくて」

英治《えいじ》が言《い》った。

「彼《かれ》いい子《こ》だったよ」

「でも、気《き》の弱《よわ》いやつだっただろう？　みんなにいじめられてなかったか？」

「そうね。友《とも》だちもいなくて、いつも一人《ひとり》だった」

「どうして友《とも》だちがいなかったのかな？」

有季《ゆうき》がきいた。

「入学《にゅうがく》したときはそうでもなかったんだけど、そのうちにみんな離《はな》れちゃった」

もう一人《ひとり》の女子生徒《じょしせいと》、吉岡《よしおか》が言《い》った。

「いつからぐあいが悪《わる》かったの？」

「三学期《がっき》になってから、急《きゅう》に元気《げんき》がなくなっちゃって、みんなとも口《くち》きかなくなった」

島村《しまむら》が言《い》うと吉岡《よしおか》が、

「今《いま》から考《かんが》えると、ちょっと変《へん》だったね」

と言《い》った。

「死《し》ぬ前《まえ》の日《ひ》には学校《がっこう》に来《き》てたの？」

有季《ゆうき》がきいた。

「来《き》てたけど、病気《びょうき》とは思《おも》えなかった」

「彼《かれ》、どうしてみんなに嫌《きら》われてたの？」

「番長《ばんちょう》がつき合《あ》うなって言《い》うから」

「番長《ばんちょう》は、なんていう名前《なまえ》だい？」

英治《えいじ》がきいた。

「平山《ひらやま》っていうの。こいつはけんかが強《つよ》いよ。高校生《こうこうせい》に勝《か》っちゃうんだから」

「番長《ばんちょう》はどうして俊也《としや》とつき合《あ》っちゃいけないって言《い》ったの？」

「番長《ばんちょう》の言《い》うこと聞《き》かないからよ」

「平山《ひらやま》が怖《こわ》くて、みんな言《い》うこと聞《き》いたわ」

「あなたたちも？」

「うん」

二人《ふたり》がそろってうなずいた。

「平山《ひらやま》って子《こ》、いまは何組《なんくみ》？」

「二組《くみ》、わたしたちと一緒《いっしょ》。三年《ねん》になってクラス替《が》えになったとき、平山《ひらやま》と一緒《いっしょ》にならないようにって、天神さまにお参りしてるの」

「天神《てんじん》さまってどこにあるの？」

「この近《ちか》く。北野天神《きたのてんじん》っていうんだけど、一月《がつ》になると、みんなお参《まい》りに来《く》るよ」

「どうして？」

「受験《じゅけん》の神《かみ》さまだから」

「そうかあ。平山《ひらやま》って子《こ》に会《あ》いたいんだけど、どこにいる？」

「あいつは毎晩《まいばん》、駅前《えきまえ》のF《エフ》っていうゲーセンに通《かよ》ってる。背《せ》が大《おお》きいからすぐわかるよ」

島村《しまむら》が言《い》った。

「でも、気《き》をつけたほうがいいよ。溝口《みぞぐち》くんのことさいたらやられるよ」

「どうして？」

「あいつ、溝口《みぞぐち》のことは思《おも》いだすだけでもいやだって言《い》ってるから」

吉岡《よしおか》が言《い》った。

「俊也《としや》のこと、よく知《し》ってる友《とも》だちはいないかな？」

英治《えいじ》がたずねた。

「いないね」

二人《ふたり》は、顔《かお》を見《み》あわせて言《い》った。

「もう、これでいい？　わたしたち、これからちょっと用事《ようじ》があるの」

島村《しまむら》が言《い》った。

「ごめん、どうもありがとう」

二人《ふたり》と別《わか》れた有季《ゆうき》と英治《えいじ》は、駅《えき》で真之介《しんのすけ》と合流《ごうりゅう》すると、ふたたび電車《でんしゃ》に乗《の》って、第一中学《だいいちちゅうがく》まで戻《もど》った。

貢《みつぐ》と相原《あいはら》は、まだぼんやりとサッカーの練習《れんしゅう》を見《み》ていた。

「どうだった？　収穫《しゅうかく》はあった？」

有季《ゆうき》の質問《しつもん》に、貢《みつぐ》は浮《う》かない顔《かお》をみせると、

「大内《おおうち》っていうのは、とても体《からだ》の弱《よわ》い子《こ》で、学校《がっこう》にもほとんど来《き》てなかったらしい」

と答《こた》えた。

「亡《な》くなる三日前《みっかまえ》に、お見舞《みま》いに行《い》ったという男子生徒《だんしせいと》もいたし、いじめなどの事実《じじつ》もなかった」

相原《あいはら》が補足《ほそく》した。

「じゃあ、その子《こ》は本当《ほんとう》に病気《びょうき》で亡《な》くなったんですね」

有季《ゆうき》が言《い》った。

「それはそうと、そっちはどうだったんだ？」

相原《あいはら》がきくと、

「あった」

「ありました」

英治《えいじ》と有季《ゆうき》が、二人同時《ふたりどうじ》に言《い》った。

5

五人《にん》は繁華街《はんかがい》まで戻《もど》ると、中華料理屋《ちゅうかりょうりや》に入《はい》った。

「その話《はなし》はおもしろいな」

相原《あいはら》がラーメンをすすりながら言《い》った。

「三学期《がっき》になって、俊也《としや》が急《きゅう》に元気《げんき》がなくなったってのが気《き》になるんだ。これはインフルエンザのせいじゃないと思《おも》う」

英治《えいじ》が言《い》った。

「きっと、いじめられてたんですよ。友《とも》だちもいなくなっちゃって、さびしかったろうな」

貢《みつぐ》が、暗《くら》い表情《ひょうじょう》になるのはめずらしい。

「まず、平山《ひらやま》ってやつに会《あ》ってみたいな」

真之介《しんのすけ》も、いじめのことが気《き》になるようだ。

そんなことを言《い》いながら、男子《だんし》たちがラーメンを平《たい》らげてしまうと、

「菊地《きくち》さん、相原《あいはら》さん。今日《きょう》はありがとうございました。わたしたちは、調《しら》べたいことがあるので、も

う少《すこ》しだけ、こっちに残《のこ》ります」

最後《さいご》に食《た》べ終《お》えた有季《ゆうき》が言《い》った。

「だいじょうぶか？」

英治《えいじ》が心配《しんぱい》したが、

「アッシーも真《しん》もいますから」

有季《ゆうき》は胸《むね》を張《は》った。

T駅《ティーえき》で英治《えいじ》たちと別《わか》れた三人《にん》は、英治《えいじ》たちとは逆向《ぎゃくむ》きの電車《でんしゃ》に乗《の》り、再度《さいど》、第三中学《だいさんちゅうがく》近《ちか》くの駅《えき》に向《む》かった。

「腹《はら》がふくれたから元気《げんき》が出《で》てきたぞ。ここまで来《き》たんだから、今日《きょう》のうちに平山《ひらやま》に会《あ》わないと」

貢《みつぐ》は、見《み》ちがえるほど元気《げんき》になっている。

さっきまでの暗《くら》い表情《ひょうじょう》は、俊也《としや》への同情《どうじょう》ではなく、腹《はら》がへっていたせいにちがいない。

三人《にん》は、島村《しまむら》が教《おし》えてくれた駅前《えきまえ》のゲーセンを見《み》つけ、入《はい》っていった。

背《せ》の高《たか》い中学生《ちゅうがくせい》を捜《さが》すと、すぐに見《み》つかった。

「平山《ひらやま》さんですか？」

有季《ゆうき》がきくと、

「そうだ」

と、こちらに顔《かお》を向《む》けた。

中学生《ちゅうがくせい》にしては、ませた顔《かお》をしている。これなら、高校生《こうこうせい》といっても通《とお》りそうだ。

「溝口俊也《みぞぐちとしや》くんのことで、ちょっとおききしたいんですけど。ご存知《ぞんじ》でしょう?」

「溝口《みぞぐち》って、死《し》んだやつだろう? 知《し》ってる。おまえはいったいだれだ?」

平山《ひらやま》は、三白眼《さんぱくがん》で見下《みくだ》すように有季《ゆうき》を見《み》た。

「わたしは、俊也《としや》のいとこで静岡《しずおか》から出《で》てきました」

「そこの二人《ふたり》は?」

平山《ひらやま》は、真之介《しんのすけ》と貢《みつぐ》の二人《ふたり》を、あごでしゃくった。

「わたしの友《とも》だちです。東京見物《とうきょうけんぶつ》につれてきました」

「溝口《みぞぐち》の何《なに》をききてえんだ?」

「いろいろです」

「おれは、溝口《みぞぐち》のことはあんまり知《し》らねえ。だれにきいて、おれんとこへやってきた?」

平山《ひらやま》は、吐《は》きすてるように言《い》った。

「さっき、女子生徒《じょしせいと》に会《あ》ったら、平山《ひらやま》さんにきけばわかると教《おし》えてくれました」

「だれだ、そいつは?」

「名前《なまえ》は知《し》りません」

「溝口《みぞぐち》のことをきいてどうするんだ？」

「急《きゅう》に死《し》んじゃったんで、いろいろ知《し》りたいんです」

「もう死《し》んでから一年《ねん》もたつというのに、なんで今《いま》ごろやってきた？」

平山《ひらやま》の隣《となり》にいた男《おとこ》がやってきて言《い》った。

こちらは、平山《ひらやま》より体《からだ》は小《ちい》さいが、目《め》が鋭《するど》い。頭《あたま》のきれそうな顔《かお》をしている。

「わたし、去年《きょねん》までは北海道《ほっかいどう》にいて来《こ》られなかったんです。今年《ことし》、静岡《しずおか》に父《ちち》が転勤《てんきん》してきたんで、それでやってきました。あなたも、俊也《としや》の同級生《どうきゅうせい》ですか？」

「そうだ」

「じゃ、なんでもいいです。俊也《としや》のことを教《おし》えてください」

「よし、じゃあ、教《おし》えてやるから外《そと》に来《こ》い」

その男《おとこ》は、先《さき》に立《た》ってゲーセンを出《で》ると、狭《せま》いビルの間《あいだ》の路地《ろじ》に入《はい》っていった。

そこに、ビルに囲《かこ》まれた小《ちい》さな駐車場《ちゅうしゃじょう》があった。

「おめえ、名前《なまえ》はなんていうんだ？」

男《おとこ》が有季《ゆうき》にきいた。

「林民子《はやしたみこ》です」

有季《ゆうき》は、とっさに友《とも》だちの名前《なまえ》を言《い》った。

「そいつはなんていうんだ？」

男《おとこ》は、貢《みつぐ》を指《ゆび》さした。

「日比野朗《ひびのあきら》といいます」

貢《みつぐ》は、ちゃっかり日比野《ひびの》の名前《なまえ》をいただいている。

「背《せ》の高《たか》いの、おめえは」

「高橋五郎《たかはしごろう》といいます」

真之介《しんのすけ》が言《い》ったとたん、男《おとこ》が、

「うそくせえ名前《なまえ》だな。偽名《ぎめい》を使《つか》うなら、もうちっとましな名前《なまえ》にしろよ」

と、バカにしたように言《い》った。

「あなたの名前《なまえ》を教《おし》えてください」

有季《ゆうき》が切《き》り返《かえ》した。

「おれの名前《なまえ》は鈴木一郎《すずきいちろう》。こっちにいるのが鈴木二郎《すずきじろう》で、あっちが鈴木三郎《すずきさぶろう》。もう一人《ひとり》が鈴木四郎《すずきしろう》だ」

男《おとこ》は、三人《にん》をからかっている。

「では、俊也《としや》のこと教《おし》えてください」

有季《ゆうき》は一郎《いちろう》と目《め》が合《あ》った。寒気《さむけ》がするほど、冷酷《れいこく》な目《め》だと思《おも》った。

「おめえ、だれに頼《たの》まれてやってきた？」

一郎《いちろう》がききかえした。

「わたしは、いとこのことを調《しら》べたくて来《き》たんです」

「そんな、ちゃちなうそは、おれには通用《つうよう》しねえ。本当《ほんとう》のことを言《い》えよ。おめえは、いったいだれだ？」

「わたしは探偵事務所《たんていじむしょ》をやっている前川有季《まえかわゆうき》です。こちらは助手《じょしゅ》の貢《みつぐ》と真之介《しんのすけ》です」

有季《ゆうき》は、こうなったら隠《かく》し立《だ》ては無用《むよう》だと思《おも》った。

「探偵事務所《たんていじむしょ》か？　だれに調査《ちょうさ》を頼《たの》まれた？」

「依頼人《いらいにん》の名前《なまえ》は言《い》えません」

「言《い》わなくてもわかってる。溝口《みぞぐち》の親《おや》だろう？　死因《しいん》を調《しら》べてくれと言《い》われたに違《ちが》いない。そうだろう？」

「その前《まえ》に、あなたたちの本名《ほんみょう》を教《おし》えてください」

有季《ゆうき》が言《い》った。

「おれは秋元雅男《あきもとまさお》だ。それからこいつが手島《てじま》、平山《ひらやま》、脇坂《わきさか》だ」

「わかりました」

「言《い》っておくが、溝口《みぞぐち》はインフルエンザで死《し》んだ。おれたちとはまったく関係《かんけい》ねえ」

「そのことは、もう調《しら》べてわかっています」

有季《ゆうき》は、軽《かる》いジャブを放《はな》った。

「わかっていたら、調《しら》べることはねえだろう？」

「いいえ、そういうわけにはいきません。クラスの全員《ぜんいん》に当《あ》たってききます」

「ご苦労《くろう》なこったぜ」

平山《ひらやま》が言《い》った。

「おめえたち、死《し》んだ人間《にんげん》のこと調《しら》べてどうしようってんだ？」

雅男《まさお》がきいた。

「わたしたちは、そんなことを調《しら》べるのが目的《もくてき》ではありません」

「じゃあ、なんだ？」

雅男《まさお》は、意識的《いしきてき》に感情《かんじょう》を殺《ころ》しているふうに見《み》えた。

「始業式《しぎょうしき》の日《ひ》に、あなたたちの学校《がっこう》で、殺人《さつじん》が起《お》こるという予告状《よこくじょう》がきたのです」

「殺人《さつじん》の予告状《よこくじょう》か？」

雅男《まさお》の目《め》が揺《ゆ》れた。

「そうです。始業式《しぎょうしき》にだれかが死《し》ぬというので、それを防《ふせ》ごうとして、こうやって調査《ちょうさ》しているのです」

「それじゃ、おまえたちは、おれたちの味方《みかた》ってわけか？」

脇坂《わきさか》がきいた。

「まあ、そういうことになります。あなた方《がた》が犯人《はんにん》でなかったら」

「おもしれえこと言《い》うぜ。おれたちは悪《わる》いことはするが、殺《ころ》しはやらねえ。だから、犯人《はんにん》じゃねえ」

雅男《まさお》が言《い》った。

「じゃあ、ねらわれているのは、あなたたちかも……」

「言《い》ってくれるぜ」

雅男《まさお》は、乾《かわ》いた声《こえ》で笑《わら》った。

「とにかく、おまえが敵《てき》でねえことはわかった」

「何《なに》かあったら、わたしの事務所《じむしょ》に連絡《れんらく》してください」

有季《ゆうき》は、雅男《まさお》と連絡先《れんらくさき》を交換《こうかん》した。

「よし、電話《でんわ》する。それじゃ、がんばってくれ。バイバイ」

雅男《まさお》は、三人《にん》をつれて行《い》ってしまった。

「わたしたちも帰《かえ》ろう」

有季《ゆうき》たち三人《にん》は駅《えき》に向《む》かった。

「交換日記《こうかんにっき》にあるA《エー》というのは、秋元《あきもと》のことかな?」

電車《でんしゃ》が走《はし》りだすと、貢《みつぐ》が言《い》った。

「そう見《み》ていいんじゃないか。あいつはかなりのワルだ。あれなら殺《ころ》したいやつは一人《ひとり》や二人《ふたり》じゃない。もう少《すこ》し調《しら》べてみる必要《ひつよう》がある」

真之介《しんのすけ》が言《い》った。

「そうね。もう一度《いちど》来《こ》よう」

三人《にん》が『フィレンツェ』に戻《もど》ると、和子《かずこ》が、

「FAX《ファックス》が入《はい》ってるよ」

と言《い》って、用紙《ようし》を持《も》ってきた。

3月《がつ》25日《にち》

今日《きょう》は終業式《しゅうぎょうしき》だ。

これで二年《ねん》は終《お》わり。

秋元《あきもと》も終《お》わり。あいつに三年《ねん》はない。

今日《きょう》から十三日後《ご》の4月《がつ》7日《か》、

きっと桜《さくら》が美《うつく》しく咲《さ》いていると思《おも》う。

せめて、桜《さくら》の下《した》で死《し》なせてやろう。

秋元《あきもと》は、まだ、おれのことに気《き》づいていない。

しかし、気《き》づくのは時間《じかん》の問題《もんだい》だ。
けれど、ノリコのことは知《し》らない。
おれをマークしても、
ノリコがいるのだ。
だから、あいつは逃《のが》れることはできない。
それが運命《うんめい》というものさ。

マサオ　わたしが秋元《あきもと》を殺《ころ》すの？
どうやって？
わたしに　人《ひと》が殺《ころ》せる？
マサオは殺《ころ》せるって言《い》うけど、
わたしは自信《じしん》ない。
でも、やるよ。
マサオがもし秋元《あきもと》にやられて、
わたし一人残《ひとりのこ》ったら……？
わたしは　生《い》きていけないよ。

ぜったい　一人《ひとり》にはしないで。

「マサオは、とうとう秋元《あきもと》って書《か》いたな」

FAX《ファックス》を見《み》た貢《みつぐ》が言《い》った。

「マサオってのは、秋元《あきもと》の名前《なまえ》だったのね。交換日記《こうかんにっき》の一枚目《まいめ》に書《か》いてあったMASAO《マサオ》は、交換日記《こうかんにっき》を見《み》るたびに、秋元雅男《あきもとまさお》の名前《なまえ》を思《おも》いだすために書《か》いたのね」

有季《ゆうき》が言《い》った。

「日記《にっき》の自分《じぶん》の名前《なまえ》をマサオにしたのもそういう意味《いみ》だったんだ」

貢《みつぐ》が言《い》った。

「秋元《あきもと》に、自分《じぶん》のことがばれるのは時間《じかん》の問題《もんだい》だと言《い》っている」

真之介《しんのすけ》が言《い》った。

「そうなったら、秋元《あきもと》はほっとする。しかし、まだもう一人《ひとり》、ノリコがいることを秋元《あきもと》は知《し》らない」

貢《みつぐ》が言《い》った。

「三月《がつ》二十五日《にち》の時点《じてん》じゃ、わたしたちがT市《ティーし》に行《い》ったことを彼《かれ》は知《し》らない。だから、秋元《あきもと》の名前《なまえ》を言《い》ったんでしょう」

「われわれが秋元《あきもと》と会《あ》ったことを知《し》ったら、彼《かれ》はショックを受《う》けるだろう。そこまで調査《ちょうさ》が進《すす》んでいるとは思《おも》ってないはずだ」

貢《みつぐ》が言《い》った。

「これは計算《けいさん》ずみだと思《おも》う。彼《かれ》の切《き》り札《ふだ》はノリコなんだ。秋元《あきもと》は、マサオを追《お》いつめることはできても、ノリコは追《お》いつめられない。彼《かれ》は絶対《ぜったい》わからないという自信《じしん》を持《も》っている」

真之介《しんのすけ》が言《い》った。

「しかし、同《おな》じクラスだろう？」

「これまでの交換日記《こうかんにっき》を見《み》ると、同《おな》じクラスとしか考《かんが》えられない」

「クラスが四十人《にん》として、女子《じょし》は半分《はんぶん》の二十人《にん》。その中《なか》のだれか？　わからないことはないと思《おも》うんだけどなあ。マサオは、どうして自信《じしん》があるんだろう？」

「秋元《あきもと》が、彼女《かのじょ》だけは違《ちが》うと思《おも》っているような人物《じんぶつ》か……」

「でも、わかると思《おも》うなあ。ただし、いまは春休《はるやす》み中《ちゅう》だから、わかっても彼女《かのじょ》がどこかへ行《い》っていたら、つかまえることはできないわね」

有季《ゆうき》が言《い》った。

「次《つぎ》のFAX《ファックス》で何《なに》を言《い》ってくるか。それが楽《たの》しみだ」

真之介《しんのすけ》が言《い》った。

Ⅳ　イースター（復活祭《ふっかつさい》）

1

3月《がつ》28日《にち》
今日《きょう》、2A《ツーエー》探偵局《たんていきょく》の三人《にん》がT《ティー》市《し》にやってきて、秋元《あきもと》、平山《ひらやま》、脇坂《わきさか》、手島《てじま》の四人《にん》に会《あ》った。

2A《ツーエー》探偵局《たんていきょく》が、こんなに早《はや》く秋元《あきもと》を見《み》つけるとは思《おも》っていなかった。

おれが考《かんが》えていたより、連中《れんちゅう》はやる。ほめておこう。

秋元《あきもと》は、2A《ツーエー》探偵局《たんていきょく》が自分《じぶん》たちを守《まも》ってくれる、もう安心《あんしん》だと、みんなに言《い》いまくっている。

アホなやつだ。どうあがいたって、死《し》ぬことはきまってるのに。

2A《ツーエー》探偵局《たんていきょく》が、たとえおれを見《み》つけたとしても、秋元《あきもと》は安全《あんぜん》にはならない。

なぜなら、おれは一人《ひとり》ではない。ノリコがいるってことを忘《わす》れては困《こま》る。

秋元《あきもと》は、ノリコのことをまったく知《し》らない。

敵《てき》は、おれ一人《ひとり》だと思《おも》っている。

そこが、やつの盲点《もうてん》さ。
2A《ツーエー》探偵局《たんていきょく》は、ノリコのことを知《し》っている。
しかし、春休《はるやす》みになってしまったいま、さがすことはむずかしい。
やっと見《み》つけたときは、時間《じかん》切《ぎ》れってわけだ。
3月《がつ》30日《にち》は復活祭《ふっかつさい》。
この日《ひ》、俊也《としや》は復活《ふっかつ》する。
俊也《としや》が、秋元《あきもと》に何《なに》をするか?
そのとき、やつがどんなショックを受《う》けるか、見《み》たいと思《おも》わないか?

マサオ
待《ま》っていたイースターが、とうとうあさってになったね。
わたし、胸《むね》がどきどきするよ。
俊也《としや》は、どんなふうに復活《ふっかつ》するのかな?
秋元《あきもと》に何《なに》をするのかな?

「イースターは明日《あした》だな」

FAX《ファックス》を読《よ》み終《お》わった貢《みつぐ》が、つぶやいた。

「これを読《よ》んだ限《かぎ》りでは、死《し》んだ俊也《としや》をよみがえらせようってわけね？」

有季《ゆうき》が言《い》った。

「キリストじゃないんだから、一度《いちど》死《し》んだ人間《にんげん》が復活《ふっかつ》するわけはない。マサオは、何《なに》を考《かんが》えているのかな？」

真之介《しんのすけ》は、目《め》を閉《と》じて、眉間《みけん》にしわを寄《よ》せている。

「マサオは俊也《としや》じゃないのか？　本当《ほんとう》は死《し》んではいなかったなんて……」

貢《みつぐ》が言《い》った。

「そうではなくて、俊也《としや》は復活《ふっかつ》してマサオになったのかもよ」

有季《ゆうき》は、話《はな》しながら、そうだ、それに違《ちが》いないと思《おも》えてきた。

「ノリコというのが問題《もんだい》だな。春休《はるやす》みだから、さがしても見《み》つからないと言《い》っている。これはどういうことだ？」

真之介《しんのすけ》は、有季《ゆうき》の顔《かお》を見《み》た。

「どこかへ旅行《りょこう》してるとしたら、交換日記《こうかんにっき》は書《か》けないんだから、マサオの近《ちか》くにいることはたしかよね。でもマサオは、ノリコが見《み》つけられないと自信《じしん》たっぷりだわ」

「もしかしたら……」

貢《みつぐ》は、言《い》いかねて口《くち》をつぐんだ。

「何《なに》よ?」

「いや、これは違《ちが》うな」

また、黙《だま》ってしまった。

「いいから言《い》いなさいよ」

有季《ゆうき》がうながすと、

「マサオとノリコってのは、もしかしたら俊也《としや》の父《ちち》親《おや》と母親《ははおや》じゃないかと思《おも》ったんだ」

貢《みつぐ》は、自信《じしん》のなさそうな顔《かお》で言《い》った。

「アッシー、あなたってすごいこと言《い》うわね」

有季《ゆうき》は、いきなり頭《あたま》をなぐられたようなショックをおぼえた。

「それは……ぼくも考《かんが》えもしなかった。やるな、アッシー」

真之介《しんのすけ》まで感心《かんしん》したので、貢《みつぐ》はちょっとてれくさそうに、

「ただの思《おも》いつきさ」

と、謙遜《けんそん》した。

「いや、こういうことを思《おも》いつくのは天才《てんさい》だ。ぼくは脱帽《だつぼう》するよ」

真之介《しんのすけ》は、大《おお》きいゼスチュアで頭《あたま》を下《さ》げた。

「あんまりからかうなよ」

「からかってんじゃない。俊也《としや》の両親《りょうしん》というのは盲点《もうてん》だった。しかし、あの人《ひと》たちならやってもおかしくはない。というより、息子《むすこ》を自殺《じさつ》に追《お》いこんだ秋元《あきもと》を、このまま進級《しんきゅう》させるのは、耐《た》えられないに違《ちが》いない。二人《ふたり》の気持《きも》ちはわかるよ」

「そうね。俊也《としや》くんの両親《りょうしん》なら、イースターのことも納得《なっとく》いくわね」

有季《ゆうき》が言《い》った。

「息子《むすこ》の復活《ふっかつ》を秋元《あきもと》に見《み》せつけて、ショックをあたえてやりたい。おれが親《おや》だったら、きっとそうするな」

貢《みつぐ》が言《い》った。

「わたしたちは、あの交換日記《こうかんにっき》を頭《あたま》から中学生《ちゅうがくせい》が書《か》いたものと思《おも》いこんでいたけれど、父親《ちちおや》と母親《ははおや》だったのか……。だからマサオは、ノリコのことに自信《じしん》があったのね」

有季《ゆうき》は、俊也《としや》の両親《りょうしん》のことを考《かんが》えると、なんだかやりきれない思《おも》いがしてきた。

「もう一度秋元《いちどあきもと》に会《あ》う必要《ひつよう》があるな」

真之介《しんのすけ》が言《い》った。

「会《あ》って、この話《はなし》を教《おし》えるのか？」

貢《みつぐ》が言《い》った。

「いや、まだ話《はな》さないほうがいいだろう。これは、あくまでも推測《すいそく》なんだから」

「そうね、俊也《としや》くんの両親《りょうしん》にも会《あ》ってみよう」

有季《ゆうき》は、俊也《としや》の両親《りょうしん》に会《あ》って、俊也《としや》の話《はなし》を聞《き》いてみようと思《おも》った。

「俊也《としや》くんのこと、ほかの平山《ひらやま》、手島《てじま》、脇坂《わきさか》のことも、みんな秋元《あきもと》から聞《き》く必要《ひつよう》があるわね。そうしないと、これ以上進《いじょうすす》めないわ」

有季《ゆうき》は、雅男《まさお》のケータイの番号《ばんごう》をプッシュした。

『もしもし』

雅男《まさお》の低《ひく》い声《こえ》が聞《き》こえた。

「わたし、2A探偵局《ツーエーたんていきょく》の有季《ゆうき》です」

『何《なに》か用《よう》か？』

「今日《きょう》、秋元《あきもと》くんに会《あ》いたいの。東京《とうきょう》に出《で》てきてくれる？」

『これからか？』

「そう。いますぐ」

『それはまずいなあ』

「今日《きょう》、どうしても会《あ》っておきたいのよ」

『明日《あした》じゃだめか？』

「だめ。明日《あした》、あなたの身《み》に何《なに》かが起《お》きるのよ。だから会《あ》いたいの」

『どうして、明日《あした》起《お》きることがわかるんだ？』

「わたしのところに、予告状《よこくじょう》がきたのよ。明日《あした》、秋元《あきもと》くんをやるって」

『殺《ころ》すってことか？』

雅男《まさお》の声《こえ》が変《か》わった。

「殺《ころ》しはしないと思《おも》うけど、かなりのことよ。どうして、明日《あした》かっていうと、明日《あした》はイースターだからよ」

『復活祭《ふっかつさい》だろう？』

「そう。明日《あした》、俊也《としや》くんが復活《ふっかつ》するんだって」

『まさか。俊也《としや》は去年《きょねん》死《し》んだんだ』

「だから復活《ふっかつ》するのよ。復活《ふっかつ》して、あなたに何《なに》かするつもりだわ」

『そんな話《はなし》は信《しん》じられねえ』

「じゃあ、放《ほう》っておく？」

『いや、行《い》くよ。新宿《しんじゅく》でいいか？』

「いいわ。一人《ひとり》で来《き》て」

有季《ゆうき》は、駅《えき》の近《ちか》くの喫茶店《きっさてん》を指定《してい》して、電話《でんわ》を切《き》った。

「じゃ、これから新宿《しんじゅく》へ行《い》こう」

有季《ゆうき》は、貢《みつぐ》と真之介《しんのすけ》に言《い》った。

「秋元《あきもと》のやつ。かっこうつけてるけど、内心《ないしん》はかなりびびってるな。マサオのボディ・ブローが、かなり効《き》いてきたみたいだ」

真之介《しんのすけ》が言《い》った。

2

雅男《まさお》が有季《ゆうき》の指定《してい》した喫茶店《きっさてん》にやってきたのは、午後《ごご》七時過《じす》ぎだった。

雅男《まさお》は、達也《たつや》と二人《ふたり》でやってきた。

「一人《ひとり》でって言《い》ったのに、どうして二人《ふたり》で来《き》たの？」

有季《ゆうき》がとがめると、達也《たつや》が、

「それじゃ、おれは帰《かえ》ってもいいぜ」

と、素直《すなお》に言《い》った。

「秋元《あきもと》くんが信頼《しんらい》できるというなら、いっしょにいてもいいわ」

有季《ゆうき》が言《い》うと雅男《まさお》が、

「達也《たつや》は、おれの右腕《みぎうで》だ」

と言《い》った。

「それなら、帰《かえ》らなくてもいいから、いっしょに聞《き》いて」

「じゃあ、そうさせてもらう」

達也《たつや》は、雅男《まさお》とくらべると、どこにでもいる中学生《ちゅうがくせい》といった雰囲気《ふんいき》だ。

達也《たつや》なら、そばにいても、さほど目《め》ざわりではないように思《おも》われた。

「予告状《よこくじょう》をだしたやつが、明日《あした》おれたちに何《なに》かするってのか？」

いすにすわったとたん、雅男《まさお》は、待《ま》ち切《き》れずに口《くち》を切《き》った。

「するって、わざわざ言《い》ってきたんだからするでしょう。問題《もんだい》は、何《なに》をするかよ」

「なんだろうな？」

雅男《まさお》は達也《たつや》にきいた。

「わかんねえ」

達也《たつや》は、首《くび》をふった。

「とにかく、明日《あした》、俊也《としや》くんが復活《ふっかつ》するらしいわ」

有季《ゆうき》が言《い》った。

「死《し》んだ人間《にんげん》が生《い》き返《かえ》るってのか？」

雅男《まさお》がきいた。

「そういうこと。あなたたちが追《お》いこんだから、俊也《としや》くんは自殺《じさつ》したんでしょう？」

「じょうだんじゃねえ。あいつはインフルエンザで死《し》んだんだ」

雅男《まさお》は感情《かんじょう》のない声《こえ》で言《い》った。

「もしそうなら、どうして秋元《あきもと》くんを許《ゆる》さないと言《い》うの？　何《なに》もなかったとは言《い》わせないわ。わたしたちは、これからあなたの命《いのち》を守《まも》ってあげようとしてるのよ。何《なに》もかも正直《しょうじき》に言《い》ってくれなきゃ責任《せきにん》は持《も》てないわ」

「わかった。本当《ほんとう》のことを話《はな》す。たしかに、俊也《としや》を痛《いた》めつけた。言《い》わしてもらうけど、それはやつがおれの命令《めいれい》に反抗《はんこう》したからだ」

「どういう命令《めいれい》？」

「おれが命令《めいれい》したことは、どんなことでもやらなくちゃならねえ。それが掟《おきて》なんだ」

「どんなことでもって、どんなこと？」

「たとえば、金《かね》を持《も》ってこいと言《い》ったら、金《かね》を持《も》ってくるとか……」

「そんなの命令《めいれい》のほうがよくないわ」

「よくないことはわかってる。それでもやるなら、おれは信用《しんよう》する。つべこべ言《い》ってやらねえやつは信《しん》用《よう》しねえ」

「信用《しんよう》しないとどうするの？」

「仲間《なかま》に入《い》れねえ。そうなったら、みんなからシカトされて、やつの友《とも》だちはいなくなる」

「ひどいことをするのね」

有季《ゆうき》は、息《いき》がつまりそうになった。

「これがひどいことだって？　おれたちは、シカトしただけなんだぜ。死《し》ぬほうが悪《わる》いのさ。こんなことで恨《うら》まれたんじゃ、いい迷惑《めいわく》だ」

「じゃあ、俊也《としや》くんが自殺《じさつ》したと聞《き》いても、なんとも思《おも》わなかった？」

「もちろんだ。ああそうかってなもんさ」

雅男《まさお》の表情《ひょうじょう》は、冷《つめ》たい石《いし》みたいに見《み》えた。

「俊也《としや》くんは、自殺《じさつ》ではなくて、インフルエンザで死《し》んだことになってるわね。どうして？」

「自殺《じさつ》したとなったら、みっともないからだろう。学校《がっこう》だってそうさ。だから、親《おや》と校長《こうちょう》がぐるになって隠《かく》したんだ。大人《おとな》なんてそんなもんさ」

中学生《ちゅうがくせい》とは、とても思《おも》えない口《くち》ぶりだった。

「明日《あした》、おれは何《なに》をすればいい？」

雅男《まさお》の表情《ひょうじょう》は冷静《れいせい》である。

「このまま、どこかへ行《い》っちゃったら？」

「そんなことしたら、おれは逃《に》げた、腰抜《こしぬ》けだって言《い》われる」

「言《い》われたっていいじゃない。かっこうつけないことよ」

「そうはいかない。おれはボスなんだ。ボスが弱気《よわき》になったら、ついてくる者《もの》はいなくなる」

「それもそうね。じゃあ、明日《あした》はずっとT市《ティーし》にいるつもり？」

「そのつもりだ」

「それなら、わたしたちも行《い》くわ」

「おれをガードしてくれても、金《かね》は出《だ》せないぜ」

「お金《かね》のために探偵《たんてい》をしてるわけじゃないわ」

有季《ゆうき》が言《い》った。

「明日《あした》、何時《なんじ》に来《き》てくれる？」

達也《たつや》がきいた。

「そうね。なるべく早《はや》く行《い》くわ。十時《じ》にT駅《ティーえき》でどう？」

「十時《じ》か……？　ちょっと早《はや》いけどまあいいや」

「そのあとは、ずっと秋元《あきもと》くんと一緒《いっしょ》にいるから、安心《あんしん》しててていいわよ」

「これで安心《あんしん》だ」

達也《たつや》が雅男《まさお》の肩《かた》をたたく。雅男《まさお》は黙《だま》ってうなずいた。

3

3月《がつ》29日《にち》
ノリコ、とうとうイースターが明日《あした》になった。
今夜《こんや》、秋元《あきもと》は、新宿《しんじゅく》で2A《ツーエー》探偵局《たんていきょく》の三人《にん》に会《あ》った。
何《なに》を話《はな》したかは、聞《き》かなくてもわかっている。
明日《あした》のことさ。秋元《あきもと》は心配《しんぱい》でそうだんにいったんだろう。
明日《あした》は、2A《ツーエー》探偵局《たんていきょく》の三人《にん》もT《ティー》市《し》にやってくるだろう。
イースターは、にぎやかなほうがいい。大《だい》かんげいだ。
三人《にん》がどれくらいやれるか、とっくり見《み》させてもらおう。
それによって、始業式《しぎょうしき》の計画《けいかく》をかえなければならない。
明日《あした》は、ノリコにとっても楽《たの》しい日《ひ》になるぜ。

マサオ
2A《ツーエー》探偵局《たんていきょく》だって、マサオならへっちゃらよ。
きっと成功《せいこう》するわ。
明日《あした》こそ　秋元《あきもと》をやっつけよう。
わたしもやるわ。
それでは、おやすみ。

朝《あさ》の八時《じ》、有季《ゆうき》が出《で》かける仕度《したく》をしていると貢《みつぐ》から電話《でんわ》が入《はい》った。

「いまマサオから交換日記《こうかんにっき》のFAX《ファックス》が入《はい》った。大《たい》したものじゃないから、駅《えき》で会《あ》ったとき見《み》せるよ」

こんな時間《じかん》に、交換日記《こうかんにっき》を送《おく》りつけてくるところを見《み》ると、マサオも、今日《きょう》のことで神経質《しんけいしつ》になっているにちがいない。

有季《ゆうき》が駅《えき》に着《つ》くと、貢《みつぐ》はもう来《き》ていた。

ポケットからFAX用紙《ファックスようし》を取《と》りだして、有季《ゆうき》にわたした。

「マサオは、きのう秋元《あきもと》が新宿《しんじゅく》にやってきたのを知《し》ってるぜ」

「そう」

有季《ゆうき》は、別《べつ》に驚《おどろ》かない。

「秋元《あきもと》をつけてたのかな？」

貢《みつぐ》が言《い》った。

「そうかもね。でも、それから交換日記《こうかんにっき》が書《か》けるってことは、ノリコは近《ちか》くにいなくちゃならないよね」

「もしかしたら、ノリコは、マサオといっしょにいたかもしれないぜ」

「そうか。そういうことも考《かんが》えられる。アッシー朝《あさ》からさえてる」

有季《ゆうき》は、なるほどと思《おも》った。

「おれは、朝《あさ》はさえてるんだ」

貢《みつぐ》は、まんざらでもない顔《かお》をしている。

「もし、マサオとノリコが俊也《としや》の両親《りょうしん》だったら、交換日記《こうかんにっき》なんて簡単《かんたん》だね」

有季《ゆうき》は、また、両親《りょうしん》に対《たい》する疑惑《ぎわく》が濃《こ》くなった気《き》がしてきた。

真之介《しんのすけ》がやってきた。

「今朝《けさ》、こんなものがきたよ」

有季《ゆうき》は、FAX用紙《ファックスようし》を真之介《しんのすけ》に見《み》せた。

読《よ》み終《お》わった真之介《しんのすけ》は、

「ぼくらをチェックするつもりか。というよりエキサイトさせようというのか……」

と言《い》った。

「牽制《けんせい》か挑発《ちょうはつ》かっていうのね。挑発《ちょうはつ》のほうが当《あ》たってるかもしれない」

有季《ゆうき》には、マサオの闘志《とうし》みたいなものが感《かん》じとれた。

十時少《じすこ》し前《まえ》にT駅《ティーえき》に着《つ》いた。

秋元《あきもと》の姿《すがた》を捜《さが》したが見《み》つからない。

T《ティー》市《し》は、都内《とない》へ通勤《つうきん》する人《ひと》たちのベッドタウンなので、この時間《じかん》だと駅前《えきまえ》はさほど混雑《こんざつ》していない。

この前来《まえき》たときは、五月半《がつなか》ばみたいな陽気《ようき》だったが、今日《きょう》は三月《がつ》の初《はじ》めに逆戻《ぎゃくもど》りしたように肌寒《はだざむ》い。

――復活《ふっかつ》。

マサオは、いったい何《なに》を考《かんが》えているのだろう？

こればかりは想像《そうぞう》のしようもない。

「アッシー、何《なに》か閃《ひらめ》かない？」

有季《ゆうき》が貢《みつぐ》にきいても、

「ぜんぜん」

と、貢《みつぐ》は首《くび》をふるばかりだ。

十時《じ》になったとき、三人《にん》の前《まえ》に達也《たつや》があらわれた。

「おはよう」

達也《たつや》は、三人《にん》にうちとけたあいさつをした。

昨日《きのう》の夜《よる》、新宿《しんじゅく》で会《あ》ってから、親近感《しんきんかん》を持《も》ったのかもしれない。

「秋元《あきもと》くんは？」

有季《ゆうき》がきいた。

「もう来《く》るんじゃないかな。あいつは時間《じかん》にはきちょうめんだから」

達也《たつや》が言《い》った。

「達也《たつや》くん、俊也《としや》くんの家《いえ》を知《し》ってる？」

「知《し》ってる」

「あとで、ちょっとつれていってくれないかな。両親《りょうしん》に会《あ》ってみたいの」

「両親《りょうしん》なら、いないぜ」

「どうしたの？　引《ひ》っ越《こ》しでもしたの？」

「引《ひ》っ越《こ》してはいない。旅行《りょこう》に行《い》ったらしい」

「そうなの。いつ帰《かえ》ってくるか知《し》ってる？」

「聞《き》いた話《はなし》だけど、四月《がつ》のはじめだって」

「ずいぶん長《なが》い旅行《りょこう》ね。どこへ行《い》ったのかしら？」

「海外《かいがい》へ行《い》ったらしい」

「そうなの」

有季《ゆうき》は、貢《みつぐ》と真之介《しんのすけ》の顔《かお》を見《み》た。

「海外旅行《かいがいりょこう》じゃ、日本《にほん》にはいないんだから……」

貢《みつぐ》は、最後《さいご》を口《くち》の中《なか》でぼそぼそと言《い》った。

「でも、本当《ほんとう》に行《い》ったかどうかは、調《しら》べてみないとわからないよ」

有季《ゆうき》は、俊也《としや》の両親《りょうしん》に対《たい》するこだわりを拭《ぬぐ》いされない。

「もしかして、俊也《としや》の両親《りょうしん》を疑《うたが》ってるんじゃないのか？」

達也《たつや》が言《い》った。

「達也《たつや》くんもそう思《おも》うの？」

有季《ゆうき》がきいた。

「俊也《としや》の親《おや》がやるとは考《かんが》えられねえよ」

「どうして？　だって動機《どうき》はあるじゃない？」

「動機《どうき》はあっても、死《し》んじゃった子《こ》どものために殺《ころ》しをやるか？　ばれたら死刑《しけい》かもしれないぜ」

「そう言《い》えばそうだけど。だったらほかに怪《あや》しい人《ひと》いる？」

有季《ゆうき》は、達也《たつや》の顔《かお》を見《み》た。

達也《たつや》はだまっている。

「秋元《あきもと》くんを憎《にく》んでいる人《ひと》はいる?」

「いっぱいいるよ」

「達也《たつや》くんは?」

「おれだって秋元《あきもと》は嫌《きら》いだ。平山《ひらやま》だって、脇坂《わきさか》だって、秋元《あきもと》を好《す》きなやつは一人《ひとり》もいねえよ」

「へえ、驚《おどろ》いた。あなたたちの結束《けっそく》は固《かた》いと思《おも》ってたのに、そうだったの。秋元《あきもと》くんは、あなたたちのことを信《しん》じてるんでしょう?」

「あいつは、人《ひと》を信《しん》じるようなやつじゃねえ。汚《きたね》えことは、みんなおれたちに押《お》しつけるんだ。だから、自分《じぶん》だけはいい子《こ》になって、おれたちは、しようもねえワルさ」

「じゃあ、どうして、一緒《いっしょ》にいるの?」

「そのほうが、いろいろといいことがあるからさ」

「仲間《なかま》どうしなのに、信《しん》じ合《あ》ってないなんて、考《かんが》えられないな」

「そうかな。仲間《なかま》がみんな信《しん》じ合《あ》ってるなんて、そのほうが気持《きも》ちわるいぜ」

「それでも友《とも》だち?」

「友《とも》だちというより運命共同体《うんめいきょうどうたい》だし」

「しゃれたこと知《し》ってるのね」

「秋元《あきもと》が言《い》ったんだ」

「それじゃ、いつだれが裏切《うらぎ》ってもおかしくはないわね」

「秋元《あきもと》は、そう思《おも》ってるだろう」

達也《たつや》は、それが当然《とうぜん》のように言《い》う。

こういう人間関係《にんげんかんけい》があるということを、有季《ゆうき》ははじめて知《し》った。

「それじゃ、あなたも秋元《あきもと》くんを消《け》してしまいたいと思《おも》うことある？」

「ある。おれだけじゃねえ、みんなもそうだ」

達也《たつや》は、はっきりと断言《だんげん》した。

達也《たつや》と話《はな》しこんでいるうちに、時計《とけい》は十時《じ》十五分《ふん》になろうとしていた。

しかし、まだ秋元《あきもと》はあらわれない。

「おかしいわね」

有季《ゆうき》は、達也《たつや》の顔《かお》を見《み》た。

「電話《でんわ》してみる」

達也《たつや》はケータイを取《と》りだし、電話《でんわ》をかけた。

「電話《でんわ》しても出《で》ねえ」

「ケータイを身《み》につけていないのね？」

「秋元《あきもと》は、ケータイを手放《てばな》したことはないはずなのに。どうしたのかな？」

達也《たつや》は、つぶやくように言《い》った。

「平山《ひらやま》くんと脇坂《わきさか》くんはどこにいるの？」

「ここに来《く》るはずなんだ。やつらも遅《おそ》いな」

達也《たつや》は、苛立《いらだ》たしそうに周囲《しゅうい》を見《み》まわした。

「みんな、どうなっちゃったんだ？」

貢《みつぐ》がきいたが、達也《たつや》は返事《へんじ》をしなかった。

4

達也《たつや》の案内《あんない》で、俊也《としや》の家《いえ》に行《い》ってみた。

同《おな》じような建売住宅《たてうりじゅうたく》が何軒《なんけん》も並《なら》んでいる。

その一つに溝口俊夫《みぞぐちとしお》という表札《ひょうさつ》があった。

有季《ゆうき》は、玄関《げんかん》のインターホンを押《お》してみたが、中《なか》から応答《おうとう》がなかった。

隣《となり》の家《いえ》の奥《おく》さんが顔《かお》を出《だ》して、

「お二人《ふたり》とも旅行中《りょこうちゅう》よ」

と言《い》った。

「どちらへお出《で》かけですか？」

「ヨーロッパへ行《い》くとかおっしゃってたわ」

「お帰《かえ》りはいつでしょうか？」

「来月《らいげつ》の何日《なんにち》とかおっしゃってたけれど、忘《わす》れたわ」

有季《ゆうき》は、隣《となり》の奥《おく》さんに礼《れい》を言《い》って、俊也《としや》の家《いえ》をあとにした。

「達也《たつや》くんの言《い》ったとおりだったね」

有季《ゆうき》が言《い》うと達也《たつや》は、

「疑《うたが》ってたのか？」

と、不快《ふかい》そうな表情《ひょうじょう》を、ちらっと見《み》せた。

「そういうわけではないけど……」

有季《ゆうき》は、つい弁解《べんかい》してしまった。

「これからどこへ行《い》く？」

達也《たつや》がきいた。

「わたしたちにはぜんぜんわかんない。あなたたちがよく行《い》くところへつれていって」

「それなら駅前《えきまえ》のゲーセンだ。だけど、こんな時間《じかん》に行《い》ったことはない」

「秋元《あきもと》くんは、けさ何時《なんじ》に家《いえ》を出《で》たかききたいんだけど、彼《かれ》の家《いえ》の電話番号《でんわばんごう》わかる？」

「わかる」

達也《たつや》は、自分《じぶん》のケータイを出《だ》すと、電話番号《でんわばんごう》をすらすらと言《い》った。

「じゃあ、電話《でんわ》してみる」

有季《ゆうき》が、ケータイを取《と》りだすと、

「この時間《じかん》じゃ、おやじもおふくろもいないと思《おも》うぜ。二人《ふたり》とも東京《とうきょう》の会社《かいしゃ》へ行《い》ってるから」

と、達也《たつや》が言《い》った。

その言葉《ことば》を背中《せなか》に受《う》けて、有季《ゆうき》は、秋元《あきもと》の家《いえ》に電話《でんわ》した。

呼《よ》び出《だ》し音《おん》がしても、出《で》る気配《けはい》はない。

これも達也《たつや》の言《い》うとおりだった。

「やっぱり、いなかったわ」

有季《ゆうき》が言《い》うと達也《たつや》が、

「つぎはどこに行《い》く？」

ときいた。

「ゲーセンに行《い》ってみよう」

達也《たつや》は、有季《ゆうき》の言《い》うことにさからわず、黙《だま》って歩《ある》いていく。

「秋元《あきもと》くんは、犯人《はんにん》のことどう思《おも》ってる？　警戒《けいかい》してる？」

「そりゃしてるさ。だから、きのう新宿《しんじゅく》に行《い》ったのさ。帰《かえ》りの電車《でんしゃ》は元気《げんき》だったぜ」

「犯人《はんにん》の心当《こころあ》たりはないの？」

「ずいぶん捜《さが》したんだけど、絶対怪《ぜったいあや》しいってやつがいないんだ」

「それは、クラスの人間《にんげん》ではないのかもしれないわよ」

「だけど、ほかのクラスのやつは考《かんが》えられねえ」

「ペアであることはたしかね。だから、俊也《としや》くんの両親《りょうしん》かと思《おも》ったんだけど……」

「海外旅行《かいがいりょこう》に行《い》ってんだから、アリバイがあるじゃんか」

「でも、行《い》ったと思《おも》わせて、行《い》ってないかもよ」

達也《たつや》は、急《きゅう》に黙《だま》ってしまった。

繁華街《はんかがい》を歩《ある》いているうちに、ゲーセンの前《まえ》に出《で》た。

平山《ひらやま》と脇坂《わきさか》がそこに突《つ》っ立《た》っていた。

「秋元《あきもと》はどうしたんだ？」

平山《ひらやま》の表情《ひょうじょう》がこわばっている。

「十時《じ》に駅《えき》で待《ま》ち合《あ》わせたんだけど来《こ》ねえんだ。秋元《あきもと》から何《なに》か連絡《れんらく》があったか？」

達也《たつや》がきいた。

「昨日《きのう》の夜《よる》、俊也《としや》から電話《でんわ》があったってさ」

平山《ひらやま》が言《い》った。

「俊也《としや》？　死《し》んだ俊也《としや》か？」

「そうだよ、あいつだ」

「俊也《としや》がどんなこと言《い》ってきたんだ？」

達也《たつや》の表情《ひょうじょう》がこわばった。

「明日《あす》十二時《じ》に湖《みずうみ》のあの場所《ばしょ》で待《ま》ってるって」

「あの場《ば》所《しょ》って、俊也《としや》の死《し》んだ場《ば》所《しょ》か？」

「そうらしい。秋元《あきもと》は、みんなで行《い》こうって言《い》ってた」

「びびってたか？」

「だれかが脅《おど》かそうと思《おも》ってやってるんだって笑《わら》ってたけど、本当《ほんとう》のところはどうかな？　おれはあまりいい気持《きも》ちがしねえ。おまえはどうだ？」

平山《ひらやま》は達也《たつや》にきいた。

「おれ、おばけは信《しん》じないけど、気分《きぶん》よくねえな」

達也《たつや》は肩《かた》をすくめた。

「おれもだ」

脇坂《わきさか》が言《い》った。

「それはいいとして、秋元《あきもと》はどうして来《こ》ねえんだ？」

達也《たつや》が言《い》った。

「もしかしたら、俊也《としや》がつれてったかもよ」

平山《ひらやま》が言《い》うと脇坂《わきさか》が、

「やめろよ」

と、顔《かお》をひきつらせた。

「秋元《あきもと》のつぎはおまえだ」

平山《ひらやま》が脇坂《わきさか》を指《ゆび》さすと、

「やめろって！」

と、悲鳴《ひめい》をあげた。

「秋元《あきもと》くんがあらわれないのは変《へん》だわ。何《なに》かあったと思《おも》う」

有季《ゆうき》は、真之介《しんのすけ》の顔《かお》を見《み》た。

「そうだな」

真之介《しんのすけ》がうなずいた。

「アジトに行《い》ってみるか？」

達也《たつや》が言《い》った。

「アジトってどこ？」

「北野天神《きたのてんじん》の近《ちか》くの空家《あきや》だ。そこをアジトにしたんだ」

「いまも？」

「いまは違《ちが》う。おばけが出《で》るからやめたんだ」

脇坂《わきさか》が言《い》った。

「おばけ？」

「あれはおばけじゃない。犯人《はんにん》が脅《おど》かしたんだ」

達也《たつや》が否定《ひてい》した。

「行《い》ってみよう。学校《がっこう》の近《ちか》くだろう？　北野天神《きたのてんじん》なら知《し》ってる」

真之介《しんのすけ》が言《い》った。

「おれは行《い》きたくねえな」

脇坂《わきさか》は、ぶつぶつ言《い》いながら、それでもみんなのあとについてきた。

六人《にん》は、やってきたバスに乗《の》った。

「その空家《あきや》に秋元《あきもと》くんがいるっていうの？」

有季《ゆうき》は達也《たつや》にきいた。

「そうは思《おも》わないけど、何《なに》かありそうな気《き》がするんだ」

「予感《よかん》ね？」

「まあ、そうだ」

バスは畑《はたけ》の中《なか》の道《みち》を走《はし》り、北野天神《きたのてんじん》の近《ちか》くに停《と》まった。

そこで降《お》りて、五分《ふん》ほど歩《ある》くと、前方《ぜんぼう》に北野天神《きたのてんじん》の森《もり》が見《み》えてきた。

「あそこに見《み》えるぼろ家《や》がそうだ」

達也《たつや》が指《ゆび》さすほうを見《み》ると、外壁《がいへき》のはげ落《お》ちた一軒家《いっけんや》が見《み》えた。

「もう、三年以上《ねんいじょう》人《ひと》が住《す》んでないんだ」

「なんだか気味《きみ》の悪《わる》い家《いえ》だな」

貢《みつぐ》が言《い》うと平山《ひらやま》が、

「そうだろう。あの家《いえ》で、むかし人殺《ひとごろ》しがあったんだ」

と言《い》った。

「ほんとかよ？」

とたんに脇坂《わきさか》の顔《かお》が青《あお》くなった。

「うそだよ。こいつ、すぐびびるんだ」

平山《ひらやま》がおかしそうに笑《わら》った。

「じつは、本当《ほんとう》に人《ひと》が死《し》んだんだ。だから、空家《あきや》になったんだ」

達也《たつや》がぼそっと言《い》った。

「また、また……」

脇坂《わきさか》は、笑《わら》いかけたが、達也《たつや》の表情《ひょうじょう》が硬《かた》いので、頬《ほお》がこわばってしまった。

「おれ調《しら》べたんだけど、本当《ほんとう》だったんだ」

「なんで、今《いま》まで黙《だま》ってたんだよ？」

平山《ひらやま》が食《く》いついた。

「みんなが怖《こわ》がると思《おも》ったからさ」

空家《あきや》の前《まえ》に近《ちか》づくと、達也《たつや》は、裏《うら》にまわった。

裏口《うらぐち》は簡単《かんたん》にあいたので、そこから中《なか》へ入《はい》った。内部《ないぶ》は薄暗《うすぐら》い。

「なんだか、いやなにおい」

ほこりっぽいような、すえたようなにおいがこもっている。

一人《ひとり》ではとても来《こ》られない、と有季《ゆうき》は思《おも》った。

「この部屋《へや》にガイコツがあったんだ」

脇坂《わきさか》は、自分《じぶん》で言《い》いながら青《あお》い顔《かお》をしている。

次《つぎ》の部屋《へや》は広《ひろ》くて、真《ま》ん中《なか》にテーブルがある。

「こんなところをアジトにしたの？」

有季《ゆうき》は、達也《たつや》にきいた。

「ただだからさ」

テーブルに近《ちか》づくと、赤《あか》のマジックで、大《おお》きくなぐり書《が》きしてあった。

俊也《としや》が復活《ふっかつ》する日《ひ》
A《エー》は水《みず》の底《そこ》に沈《しず》む

「A《エー》というのは秋元《あきもと》くんのことね。水《みず》は湖《みずうみ》のことかしら？」

有季《ゆうき》は、膝頭《ひざがしら》ががくがくしそうになった。

達也《たつや》も平山《ひらやま》も脇坂《わきさか》も、テーブルから目《め》をそらして、放心《ほうしん》したように窓《まど》の外《そと》を見《み》つめている。

「犯人《はんにん》は、わたしたちがここに来《く》るのを知《し》ってたのね？」

「秋元《あきもと》がいなくなれば、一度《いちど》はここへ捜《さが》しにくると思《おも》ったんだろう」

達也《たつや》が、暗《くら》い声《こえ》で言《い》った。

「いまから湖《みずうみ》に行《い》ってみるか？　まだ十二時《じ》より少《すこ》し前《まえ》だけど」

平山《ひらやま》が言《い》った。

「ここから湖《みずうみ》まで遠《とお》いの？」

有季《ゆうき》がきいた。

「歩《ある》いて二十分《ぷん》くらいだ」

「じゃ、行《い》けばちょうど十二時《じ》になるわ」

六人《にん》は、空家《あきや》を出《で》て湖《みずうみ》に向《む》かった。

風《かぜ》が冷《つめ》たい。

みんな、首《くび》をすくめて、畑《はたけ》の中《なか》の一本道《いっぽんみち》を歩《ある》いた。

5

湖《みずうみ》に近《ちか》づくにつれ、太陽《たいよう》は雲《くも》に隠《かく》れて、いっそう風《かぜ》が冷《つめ》たくなってきた。

「なんて寒《さむ》いんだ。あさってから四月《がつ》だってのに、これじゃ桜《さくら》も咲《さ》かねえよ」

貢《みつぐ》がぼやいたが、達也《たつや》たち三人《にん》は押《お》し黙《だま》ったまま、だれものってこなかった。

「俊也《としや》くんが自殺《じさつ》したのはどのあたり？」

有季《ゆうき》は、地図《ちず》を開《ひら》いて達也《たつや》に見《み》せた。

「ここだ」

達也《たつや》が指《ゆび》さした場所《ばしょ》は、まるで、胃壁《いへき》のひだみたいに入《い》り組《く》んだ湖岸《こがん》の、小《ちい》さな入江《いりえ》の奥《おく》であった。

「こんなところで死《し》んだの。発見《はっけん》したのはだれ？」

有季《ゆうき》がきいた。

「だれかわからないけれど、俊也《としや》の家《いえ》に電話《でんわ》があったらしい。そこで親《おや》が駆《か》けつけて家《いえ》に運《はこ》び、インフルエンザで死《し》んだということにしたらしい」

「そのこと、だれにきいたの？」

「秋元《あきもと》からきいた。秋元《あきもと》にも電話《でんわ》があったらしい。殺《ころ》したのはおまえだって」

「だれから」

「だれからだかわからない」

達也《たつや》は首《くび》をふった。

「秋元《あきもと》くんが殺《ころ》したんじゃないでしょう？」

「殺《ころ》してなんかいねえよ。おれたちは、ずっと一緒《いっしょ》だったんだから。あれは自殺《じさつ》さ」

平山《ひらやま》が言《い》った。

「すると、俊也《としや》くんの家《いえ》に電話《でんわ》したのはだれ？」

「今回《こんかい》の犯人《はんにん》だろう」

達也《たつや》が言《い》った。

「犯人《はんにん》はだれ？　俊也《としや》くんの友《とも》だち？」

「俊也《としや》に友《とも》だちはいねえはずだ」

平山《ひらやま》が言《い》った。

俊也《としや》の父《ちち》が犯人《はんにん》なら、電話《でんわ》があったとうそを言《い》えばいいのだ。

きっと、遺書《いしょ》があって、湖《みずうみ》に捜《さが》しに行《い》ったのだ。

「ちょっと待《ま》って。おれたちは今《いま》まで、犯人《はんにん》は電話《でんわ》の声《こえ》で男《おとこ》だと思《おも》ってたけど、もしかしたら、女《おんな》かもしれないぜ」

貢《みつぐ》が、またとっぴなことを言《い》いだした。

「女《おんな》……。そうか、女《おんな》ってこともあり得《え》るな」

真之介《しんのすけ》がうなずいた。

「だれか、俊也《としや》くんに女《おんな》の友《とも》だちいない？」

「特別親《とくべつした》しいやつはいなかったけど、裏《うら》ではわかんない」

達也《たつや》が言《い》った。

あの交換日記《こうかんにっき》は、片方《かたほう》が犯人《はんにん》だから、男《おとこ》と女《おんな》かと思《おも》っていたが、実《じつ》は二人《ふたり》とも女《おんな》だったということも考《かんが》えられる。

みんなからシカトされて、自殺《じさつ》までした俊也《としや》に、だれか女子《じょし》が同情《どうじょう》したのかもしれない。

そして、そこまで追《お》いこんだ雅男《まさお》に復讐《ふくしゅう》しようとしているのかもしれない。

「そうか。女《おんな》とは考《かんが》えてなかった。俊也《としや》は、こっそり交際《こうさい》してたのか……」

達也《たつや》が、腕組《うでぐ》みして考《かんが》えこんだ。

「もし、犯人《はんにん》が女《おんな》だとしたら、きょう秋元《あきもと》に何《なに》をするつもりだ？」

脇坂《わきさか》が言《い》った。

「何《なに》をするより、肝心《かんじん》の秋元《あきもと》はどこへ行《い》ったんだ？」

平山《ひらやま》は、先頭《せんとう》に立《た》って雑木林《ぞうきばやし》の中《なか》へ入《はい》っていくと、

「ここを抜《ぬ》けると湖《みずうみ》だ」

と、ふり向《む》いて言《い》った。

もう間《ま》もなく、眩《まばゆ》いばかりの新緑《しんりょく》の林《はやし》になるのであろうが、今《いま》はまだ枯《か》れ枝《えだ》に芽吹《めぶ》いているだけだ。

「はっきりとはわかんないが、多分《たぶん》このあたりだと思《おも》う」

平山《ひらやま》が立《た》ち止《ど》まって言《い》った。

そこから、枝越《えだご》しに湖《みずうみ》の水面《すいめん》が見《み》えた。

達也《たつや》が湖岸《こがん》まで行《い》く。

そのあとに、有季《ゆうき》がつづいた。

一月半《がつなか》ばは、もっともっと寒《さむ》かったのだろうなと思《おも》った。

――犯人《はんにん》は女《おんな》、犯人《はんにん》は女《おんな》。

有季《ゆうき》は、口《くち》の中《なか》でつぶやきながら枯《か》れ草《くさ》を踏《ふ》んで進《すす》んだ。

「あそこに何《なに》か浮《う》いてる！」

突然《とつぜん》、前《まえ》を行《い》く達也《たつや》が叫《さけ》んで、湖面《こめん》を指《ゆび》さした。

みんなが駆《か》けよって、その方向《ほうこう》に視線《しせん》を向《む》けた。

岸辺《きしべ》の葦《あし》の間《あいだ》に、黒《くろ》いものが浮《う》いているのが見《み》えた。紛《まぎ》れもなく人間《にんげん》で、俯《うつぶ》せになっている。

「人間《にんげん》だ」

脇坂《わきさか》が悲鳴《ひめい》をあげた。

さっき空家《あきや》で見《み》た、

俊也《としや》が復活《ふっかつ》する日《ひ》
A《エー》は水《みず》の底《そこ》に沈《しず》む

と書《か》いてあった落書《らくが》きが有季《ゆうき》の頭《あたま》をよぎった。

「秋元《あきもと》がやられた」

平山《ひらやま》は、その場《ば》に、へなへなとすわりこんでしまった。

達也《たつや》が水《みず》の中《なか》に入《はい》っていった。

足首《あしくび》をつかみ、手《て》もとに引《ひ》きよせると、仰向《あおむ》かせた。

「これは人形《にんぎょう》だ」

達也《たつや》は、空気《くうき》でふくらませた人形《にんぎょう》を、岸《きし》まで引《ひ》っぱってきた。

「ちくしょう！　驚《おどろ》かしやがって」

平山《ひらやま》が地面《じめん》をたたいた。

その人形《にんぎょう》は、首《くび》からビニール袋《ぶくろ》をぶら下《さ》げていた。

達也《たつや》はビニール袋《ぶくろ》をあけると、中《なか》から紙《かみ》を取《と》りだした。

紙《かみ》は濡《ぬ》れていない。何《なに》か書《か》いてある。

「読《よ》むぞ」

達也《たつや》は読《よ》みだした。

「2A《ツーエー》探偵局《たんていきょく》の諸君《しょくん》、よく見《み》に来《き》てくれた。今日《きょう》はリハーサルだ。本番《ほんばん》のときの参考《さんこう》にしてくれたまえ。

本当《ほんとう》は今日《きょう》でもやれたのだが、楽《たの》しみは四月七日《がつなのか》までとっておくことにした。マサオ」

「このやろう。おちょくりやがって」

平山《ひらやま》が歯《は》ぎしりした。

「今日《きょう》でもやれたってところを見《み》ると、秋元《あきもと》くんはどこかに監禁《かんきん》されているのかしら？」

有季《ゆうき》が言《い》った。

「監禁《かんきん》してるかどうかは別《べつ》として、マサオは、秋元《あきもと》がどこにいるかを知《し》ってるようだな」

真之介《しんのすけ》が言《い》った。

「これじゃ、秋元《あきもと》はまな板《いた》の上《うえ》のこいだな」

貢《みつぐ》が言《い》った。

「これがイースターの見《み》せものだったのね」

マサオというのは、俊也《としや》の両親《りょうしん》か、それとも女《おんな》か、どちらともわからないが、ただの殺人犯《さつじんはん》でないことだけはたしかだと思《おも》った。

この犯人《はんにん》にとって、殺人《さつじん》はゲームなのだ。

だったら、勝《か》つ手《て》は必《かなら》ず見《み》つかるはずだ。

有季《ゆうき》は、あらためて闘志《とうし》が湧《わ》いてきた。

「平山《ひらやま》、ためしに秋元《あきもと》に電話《でんわ》してみてくれ」

達也《たつや》に言《い》われて、平山《ひらやま》はケータイのナンバーをプッシュした。

「だめだ。切《き》れてる」

「じゃ、家《いえ》の電話《でんわ》にしてみてくれ」

平山《ひらやま》は、ふたたびプッシュした。

しばらくして平山《ひらやま》は、

「もしもし秋元《あきもと》か?」

と呼《よ》びかけた。

「秋元《あきもと》がいるぞ」

平山《ひらやま》の声《こえ》が興奮《こうふん》している。

「今《いま》までどこにいたか聞《き》いて」

有季《ゆうき》が言《い》った。

平山《ひらやま》は何度《なんど》かやりとりしてから、

「眠《ねむ》ってたらしい。いま目《め》がさめたばかりだってさ」

「じゃ、そこへ行《い》くから待《ま》ってるよう言《い》って」

「わかった」

平山《ひらやま》は、有季《ゆうき》に言《い》われたとおり話《はな》すと、電話《でんわ》を切《き》った。

「なんで、こんな時間《じかん》まで眠《ねむ》ってんだ?」

脇坂《わきさか》が言《い》った。

「きっと、だれかに睡眠薬《すいみんやく》でも飲《の》まされたんだ」

真之介《しんのすけ》が言《い》ったが、そのとおりだと有季《ゆうき》は思《おも》った。

「あのやろうが、こんなドジするとは思《おも》わなかったぜ」

平山《ひらやま》がぼやいた。

「あいつも案外《あんがい》だな」

脇坂《わきさか》は、がっかりしたようにあくびをした。

6

秋元《あきもと》の家《いえ》は、雅男《まさお》以外《いがい》だれもいなかった。

リビングルームのサイドボードには、高級《こうきゅう》そうなウイスキーやブランデーがぎっしりとつまっていた。

その上《うえ》には、ゴルフの優勝《ゆうしょう》カップが並《なら》んでいる。

「おやじはゴルフか？」

平山《ひらやま》がきいた。

「そうだろう」

雅男《まさお》は、大《おお》きなあくびをした。

「おふくろは？」

「知《し》らねえよ」

「きのう家《いえ》に帰《かえ》ってから何《なに》食《た》べた？」

有季《ゆうき》がきいた。

「牛乳《ぎゅうにゅう》とピザだ」

「その牛乳《ぎゅうにゅう》の残《のこ》りはある？」

「ない。それがどうした？」

雅男《まさお》が眠《ねむ》そうな声《こえ》できいた。

「その牛乳《ぎゅうにゅう》の中《なか》に睡眠薬《すいみんやく》が入《はい》ってたんだろう」

真之介《しんのすけ》が言《い》った。

「きのう、T《ティー》市《し》に帰《かえ》ってきたのは何時《なんじ》？」

有季《ゆうき》がきいた。

「九時《じ》過《す》ぎだったかな」

「そのまま家《いえ》に帰《かえ》ったの？」

「ゲーセンに行《い》って、平山《ひらやま》と脇坂《わきさか》と遊《あそ》んだ」

「家《いえ》に帰《かえ》ったのは何時《なんじ》？」

「おぼえてねえ」

「おれに電話《でんわ》したことはおぼえてるか？」

平山《ひらやま》が言《い》った。

「ああ、おぼえてる。俊也《としや》の電話《でんわ》の件《けん》だろう。十二時《じ》に湖《みずうみ》に来《こ》いと言《い》った」

雅男《まさお》は、だんだん頭《あたま》がはっきりしてきたらしい。

「それから牛乳《ぎゅうにゅう》とピザを食《た》べたのね?」

「うん。腹《はら》がちょっと減《へ》ったから」

「牛乳《ぎゅうにゅう》の中《なか》に、だれかが睡眠薬《すいみんやく》を入《い》れたのかな?」

有季《ゆうき》は、雅男《まさお》の顔《かお》を見《み》つめた。

「おれって、牛乳《ぎゅうにゅう》は二百ミリリットルのパックを、一度《いちど》に六個《こ》くらいまとめて買《か》って、冷蔵庫《れいぞうこ》に入《い》れておくんだ」

「それ、いつ買《か》った?」

「二、三日前《にちまえ》かな」

「どこで買《か》うの?」

「コンビニさ」

「家《いえ》には、カギもかかってないの?」

「かかってる。ただし、おれは自分《じぶん》の部屋《へや》の窓《まど》から入《はい》る。窓《まど》にはカギがかかってない」

「そうか、睡眠薬《すいみんやく》を入《い》れたのは、窓《まど》にカギがかかってないことを知《し》ってるやつだ」

貢《みつぐ》が言《い》った。

「おれが眠《ねむ》ってる間《あいだ》に、どういうことがあったか教《おし》えてくれ」

雅男《まさお》は、達也《たつや》に言《い》った。

達也《たつや》は、朝《あさ》から起《お》きたことを雅男《まさお》に説明《せつめい》した。

「おれは、水《みず》の底《そこ》に沈《しず》むと書《か》いてあったのか？」

雅男《まさお》が言《い》った。

「そうよ。それから、今日《きょう》殺《ころ》そうと思《おも》えば殺《ころ》すことができたとも書《か》いてあったわ」

有季《ゆうき》が言《い》った。

「睡眠薬《すいみんやく》のかわりに毒薬《どくやく》だったら、死《し》んでたかもしれないぜ」

達也《たつや》が言《い》った。

「おまえが、こんなドジとは知《し》らなかったぜ」

脇坂《わきさか》が、あきれたように言《い》った。

「おれとしたことがまったく恥《は》ずかしい」

雅男《まさお》は、悔《くや》しそうに唇《くちびる》をかんだ。

「秋元《あきもと》くん、犯人《はんにん》のことだけど、女子《じょし》かもしれないって考《かんが》えたことある？」

有季《ゆうき》が言《い》った。

「女子《じょし》？　まさか……」

雅男《まさお》は、口《くち》をつぐんだ。

「この犯人《はんにん》はペアよ。マサオとノリコという名前《なまえ》でうちへ交換日記《こうかんにっき》を送《おく》ってくるから、わたしもてっきりマサオは男《おとこ》だと思《おも》ってたけど、もしかしたら女《おんな》かもしれないって思《おも》ったの」

雅男《まさお》は、目《め》を閉《と》じたまま天井《てんじょう》に顔《かお》を向《む》けている。

「俊也《としや》くんと仲《なか》よくしてた子《こ》よ。心当《こころあ》たりはない？」

「あるか？」

秋元《あきもと》は、達也《たつや》、平山《ひらやま》、脇坂《わきさか》と順《じゅん》に顔《かお》を見《み》た。

「ねえ」

三人《にん》が首《くび》をふった。

「マサオが女《おんな》なんて、考《かんが》えもしなかったけど、絶対《ぜったい》ないとはいえねえ」

雅男《まさお》は宙《ちゅう》に視線《しせん》を留《と》めたまま、身動《みうご》きもしない。

「俊也《としや》くんの両親《りょうしん》ってことも考《かんが》えたけど、この二人《ふたり》はいま海外旅行《かいがいりょこう》に行《い》ってるっていうから、除《のぞ》いてもいいかもしれない」

貢《みつぐ》が言《い》った。

「海外旅行《かいがいりょこう》に行《い》っていると言《い》って、油断《ゆだん》させる気《き》かもしれないぜ」

達也《たつや》が言《い》うと、雅男《まさお》がうなずいた。

「犯人《はんにん》は、俊也《としや》の親《おや》か、女《おんな》か……。どちらも、どこにいるかわかんねえ」

「マサオは、四月七日《がつなのか》とは言《い》ってるけど、そう思《おも》わせといて、それより前《まえ》にやるかもしれないわ。だから、一人《ひとり》では行動《こうどう》しないこと。窓《まど》にカギをかけないなんて、もってのほかね」

有季《ゆうき》が、強《つよ》い調子《ちょうし》で言《い》った。

「おれたちが、ガードしてやるから心配《しんぱい》するな」

平山《ひらやま》が言《い》った。

「だけど、そんなにおれが憎《にく》いんなら、どうして今日《きょう》、殺《ころ》さなかったんだ?」

雅男《まさお》が、納得《なっとく》できない顔《かお》をした。

「それはゲームだからよ。殺《ころ》そうと思《おも》えば殺《ころ》せるけれど殺《ころ》さない。ただし、本気《ほんき》なのだということを、わたしたちにわからせたかったのよ。イースターに何《なに》かが起《お》きるという予告《よこく》は前《まえ》からあったけど、こういう形《かたち》とは思《おも》ってなかったわね」

有季《ゆうき》は、悔《くや》しさで、声《こえ》をあげたい衝動《しょうどう》に駆《か》られた。

「こいつは自信《じしん》を持《も》っている。だから、ぼくらに挑戦状《ちょうせんじょう》を寄《よ》こしたんだ。四月七日《がつなのか》までに、つかまえられるものなら、つかまえてみろって。今《いま》までのところは向《む》こうのペースだが、いつまでもそうはさせないぞ」

珍《めずら》しく、真之介《しんのすけ》が闘志《とうし》を見《み》せた。

「それじゃ、わたしたちはこれで帰《かえ》るわ。これからはわたしに毎日必《まいにちかなら》ず連絡《れんらく》して。くどいようだけれど、個人行動《こじんこうどう》は慎《つつし》んでちょうだい」

有季《ゆうき》の忠告《ちゅうこく》に、雅男《まさお》は、

「わかった」

と、素直《すなお》にうなずいた。

有季《ゆうき》と真之介《しんのすけ》と貢《みつぐ》は、秋元《あきもと》の家《いえ》を出《で》た。

「マサオはだれだと思《おも》う?」

貢《みつぐ》が真之介《しんのすけ》にきいた。

「ぼくは、俊也《としや》の両親《りょうしん》だと思《おも》う。女《おんな》というのは、ちょっと無理《むり》がある」

「わたしは、女《おんな》だと思《おも》う」

有季《ゆうき》が言《い》った。

「理由《りゆう》があるのか?」

真之介《しんのすけ》がきいた。

「あの交換日記《こうかんにっき》の文章《ぶんしょう》は、わたしたちの年代《ねんだい》のものよ。父親《ちちおや》や母親《ははおや》がまねして書《か》いても、ああは書《か》けないと思《おも》う」

「だけど、女《おんな》が秋元《あきもと》を殺《ころ》せるだろうか？　俊也《としや》の父親《ちちおや》だったらできるぜ。ただし、日本《にほん》にいればだけど」

貢《みつぐ》が言《い》った。

「それは……。だけど、おもしろい」

真之介《しんのすけ》がうなずいた。

「アッシーって、常識《じょうしき》を飛《と》びこえるところがすごい。やっぱり天才《てんさい》かもね」

有季《ゆうき》がにやにやしながら言《い》うと、

「本気《ほんき》でほめてんのか、ばかにしてるのか、疑《うたが》わしいぜ」

と、貢《みつぐ》が言《い》った。

「女二人組《おんなふたりぐみ》のバックに、俊也《としや》のパパがついてるってことも十分考《じゅうぶんかんが》えられる」

真之介《しんのすけ》は、貢《みつぐ》の説《せつ》を支持《しじ》しているようだ。

三人《にん》が『フィレンツェ』に戻《もど》ってきたのは夕方《ゆうがた》だった。

店《みせ》はかなり混《こ》んでいたので、三人《にん》とも店《みせ》の手《て》つだいをした。

やっと、客《きゃく》の数《かず》が減《へ》ったとき、

「忘《わす》れてたけど、FAX《ファックス》が入《はい》ってたよ」

と、貢《みつぐ》の母親《ははおや》、和子《かずこ》が言《い》った。

「困《こま》るなあ。大切《たいせつ》なことを忘《わす》れてちゃ。どこにしまった?」

貢《みつぐ》は、和子《かずこ》に食《く》ってかかった。

「ここだよ」

和子《かずこ》は、エプロンのポケットから、折《お》りたたんだFAX用紙《ファックスようし》を取《と》りだした。

3月《がつ》30日《にち》
すてきなイースターだった。
2A《ツーエー》探偵局《たんていきょく》の諸君《しょくん》も一〇〇パーセントまんぞくしてくれたことだと思《おも》う。
今日《きょう》、秋元《あきもと》を生《い》かしておいたのは、春休《はるやす》み中《ちゅう》では観客《かんきゃく》がいないからだ。
あいつは、みんなの目《め》の前《まえ》で死《し》ななくてはならない。
その日《ひ》が近《ちか》づいている。
ホームズくん、秋元《あきもと》に転校《てんこう》をすすめることを提案《ていあん》する。
死《し》にたくなければ、それがいちばんいい方法《ほうほう》だ。
ノリコ、X《エックス》デーはもうすぐだ。

マサオ
わたし、湖《みずうみ》で秋元《あきもと》の人形《にんぎょう》を引《ひ》きあげるの見《み》てたけど、みんなのびっくりした顔《かお》ってなかったわ。大成功《だいせいこう》!

あれは　わたしがやったんだから、みんなの前《まえ》に出《で》ていきたかったわ。

これからは何《なに》もしないで、静《しず》かにしていよう。

楽《たの》しみは始業式《しぎょうしき》までとっておきましょう。


FAX《ファックス》は、貢《みつぐ》から有季《ゆうき》、真之介《しんのすけ》とまわった。

「こんなに早《はや》くFAX《ファックス》を送《おく》ってきたところをみると、こいつら一〇〇パーセント満足《まんぞく》してるんだな」

貢《みつぐ》が悔《くや》しそうに言《い》った。

「そうだろう。あれだけやれば言《い》うことはない」

真之介《しんのすけ》の表情《ひょうじょう》は変《か》わらない。

「これからは何《なに》もしないってのは、どこかへ行《い》っちまうってことかな?」

「いや、こいつらは、ぼくらの目《め》の前《まえ》にいて、ぼくらの行動《こうどう》を見守《みまも》っていると思《おも》う。でなきゃ、FAX《ファックス》を送《おく》れないじゃないか」

「そうよ。真《しん》の言《い》うとおりだわ。あいつたちは、安全《あんぜん》なところに身《み》を隠《かく》すなんてことは絶対《ぜったい》しないと思《おも》う」

有季《ゆうき》も、真之介《しんのすけ》と同《おな》じ考《かんが》えだった。

「ゲームなんだから、ゲームオーバーまでの経過《けいか》を楽《たの》しんでるのさ。秋元《あきもと》を今日《きょう》殺《ころ》さなかったのも、このゲームのシナリオさ」

「マサオってのは、思《おも》いつきでやってんじゃない。シナリオどおりやってる。始業式《しぎょうしき》の日《ひ》も、ちゃんとシナリオはできてるはずだ。それなら、ぼくらにもわかる」

「そうよ。きっとわかるわ」

有季《ゆうき》が言《い》った。

「これから、どういう作戦《さくせん》を立《た》てる?」

貢《みつぐ》がきいた。

「マサオを静《しず》かにさせたらだめ。動《うご》かさなくちゃ。動《うご》かせば、何《なに》かつかめるかもしれないわ」

「どうやって動《うご》かすんだ?」

「それを、これから考《かんが》えるのよ」

有季《ゆうき》にも、まだ何《なに》も思《おも》いつかない。

電話《でんわ》が鳴《な》った。

貢《みつぐ》が出《で》て、少《すこ》し話《はな》してから席《せき》に戻《もど》ってきた。

「達也《たつや》からだ。ついさっき、俊也《としや》の両親《りょうしん》を見《み》かけたらしい」

「どこで？」

「T駅《ティーえき》だってさ。夜《よる》だからはっきりしないが、間違《まちが》いはないと言《い》ってた」

「俊也《としや》くんの家《いえ》に電話《でんわ》してみよう。この事件《じけん》に関係《かんけい》なかったら出《で》るはずだわ」

有季《ゆうき》が言《い》うと、貢《みつぐ》がまた電話《でんわ》しに行《い》った。

電話機《でんわき》の前《まえ》で、貢《みつぐ》は何《なに》も言《い》わない。

「いないのね？」

貢《みつぐ》は、指《ゆび》で×印《ばつじるし》をつくった。

俊也《としや》の両親《りょうしん》は、T市《ティーし》に戻《もど》ってきたのに、なぜ、家《いえ》に帰《かえ》らないのだろう。

急《きゅう》に疑惑《ぎわく》がふくれだした。

V　マサオとノリコ

1

三月《がつ》三十一日《にち》、『フィレンツェ』に有季《ゆうき》と貢《みつぐ》と真之介《しんのすけ》が集《あつ》まった。

「昨日《きのう》、達也《たつや》が電話《でんわ》してきた、俊也《としや》の親《おや》を見《み》たというのは問題《もんだい》だぜ」

貢《みつぐ》が言《い》った。

「もう一度《いちど》電話《でんわ》してみようか？」

有季《ゆうき》は、俊也《としや》の家《いえ》に電話《でんわ》してみた。

呼《よ》びだし音《おん》が三回《かい》ほど鳴《な》ってから、

『もしもし』

という女《おんな》の声《こえ》がした。

「いた」

有季《ゆうき》は、送話口《そうわぐち》を押《お》さえて言《い》った。

貢《みつぐ》と真之介《しんのすけ》がうなずいた。

「わたし、前川有季《まえかわゆうき》と申《もう》しますが、亡《な》くなった俊也《としや》くんのことを、いろいろ話《はな》していただきたいのです。お宅《たく》にお伺《うかが》いしてよろしいでしょうか？」

『俊也《としや》のお友《とも》だち？』

「はい、そうです。あのお母《かあ》さまですか？」

『そうよ。夕方《ゆうがた》なら、いつでもいいわよ』

俊也《としや》の母親《ははおや》は、簡単《かんたん》に承諾《しょうだく》してくれた。

「では、明日《あした》の夕方《ゆうがた》六時《じ》にお伺《うかが》いしますけれど、よろしいでしょうか？」

『ええ、結構《けっこう》よ』

「じゃ、お伺《うかが》いします」

有季《ゆうき》は、受話器《じゅわき》を置《お》いて、席《せき》に戻《もど》ってきた。

「ずいぶん簡単《かんたん》だったな。疑《うたが》われなかったか？」

真之介《しんのすけ》が聞《き》いた。

「ぜんぜん。そんなそぶりはまったくなかったわ」

「そうか」

真之介《しんのすけ》は、目《め》を閉《と》じて考《かんが》えこんでしまった。

「警戒《けいかい》もしないで簡単《かんたん》にＯＫ《オーケー》したということはかえって、ひっかかるといえば、ひっかかるな」

貢《みつぐ》が言《い》った。

「でも、あの態度《たいど》は、交換日記《こうかんにっき》とは、まったく関係《かんけい》ないのかもしれない。そんな気《き》もしてきた」

有季《ゆうき》が言《い》った。

「会《あ》う前《まえ》に考《かんが》えないほうがいい。白紙《はくし》で会《あ》えば、何《なに》かわかるさ」

真之介《しんのすけ》が言《い》った。

「ついでに、秋元《あきもと》くんに電話《でんわ》してみようか？」

有季《ゆうき》は、雅男《まさお》のケータイに電話《でんわ》を入《い》れた。

すぐに雅男《まさお》が出《で》た。

「秋元《あきもと》くん？　いま何《なに》してる？」

『俊也《としや》の彼女《かのじょ》を見《み》つけた。いま吐《は》かせるところだ。また、あとで』

雅男《まさお》は、早々《そうそう》に電話《でんわ》を切《き》ってしまった。

「秋元《あきもと》は、俊也《としや》の彼女《かのじょ》を見《み》つけたって。いま吐《は》かせるところだって言《い》ってるけど、いやな予感《よかん》がする」

有季《ゆうき》は、雅男《まさお》たちが俊也《としや》の彼女《かのじょ》に暴力《ぼうりょく》をふるうのではないかと不安《ふあん》になってきた。

「あいつらなら、やってもおかしくはない」

真之介《しんのすけ》が言《い》った。

北野天神裏《きたのてんじんうら》の空家《あきや》に、雅男《まさお》は達也《たつや》、平山《ひらやま》、脇坂《わきさか》をつれて出《で》かけた。

そこでは、クラスメイトで雅男《まさお》の手下《てした》の妙子《たえこ》とゆかりが横山久江《よこやまひさえ》をつれて待《ま》っているはずだった。

「久江《ひさえ》を痛《いた》めつけるのは、妙子《たえこ》とゆかりにまかせろ。おまえたちは手《て》を出《だ》すなよ」

雅男《まさお》は、三人《にん》に釘《くぎ》を刺《さ》した。

「なんで、おれたちがやっちゃいけねえんだ？」

平山《ひらやま》が、不満《ふまん》そうに口《くち》をとがらせた。

「相手《あいて》は女《おんな》だ。かっとなってやり過《す》ぎると、死《し》んじまうかもしれねえ。そうなったら面倒《めんどう》だからだ」

「おまえって、よくそう頭《あたま》がまわるよ」

脇坂《わきさか》が感心《かんしん》した。

「女《おんな》は女《おんな》にまかせとけ。妙子《たえこ》もゆかりもけっこうやるから、きょうは見物《けんぶつ》しようぜ」

四人《にん》が空家《あきや》に入《はい》っていくと、久江《ひさえ》がいすにすわっており、その両脇《りょうわき》に妙子《たえこ》とゆかりが立《た》っていた。

「友《とも》だちの名前《なまえ》言《い》ったか？」

雅男《まさお》は、妙子《たえこ》にきいた。

「言《い》わない」

妙子《たえこ》が言《い》った。

「それじゃ、俊也《としや》のことは?」

「友《とも》だちじゃないって」

「本当《ほんとう》か?」

雅男《まさお》は、久江《ひさえ》にきいた。

「本当《ほんとう》よ。なんで、そんなことをきくの?」

久江《ひさえ》は、雅男《まさお》を上目《うわめ》でにらんだ。

「なんできくか、おまえがいちばんよく知《し》ってるはずだ」

「私《わたし》は知《し》らないよ」

久江《ひさえ》は、そっぽを向《む》いた。

「おまえと、おまえの友《とも》だちは、始業式《しぎょうしき》におれを殺《ころ》そうとしている」

「それ、なんのこと?」

久江《ひさえ》は、けげんそうに雅男《まさお》を見《み》た。

「とぼける気《き》か?」

「とぼけるも何《なに》も、どうしてわたしが秋元《あきもと》くんを殺《ころ》さなくちゃいけないの?」

「教《おし》えてやろうか?」

「教《おし》えて」

「おまえは、自殺《じさつ》した俊也《としや》の復讐《ふくしゅう》をしようとしてるんだ」

「復讐《ふくしゅう》って何《なに》よ？」

「俊也《としや》は、おれが殺《ころ》したとおまえは思《おも》いこんでいる」

「そんなこと思《おも》ってない」

久江《ひさえ》は強《つよ》く首《くび》をふった。

「こいつ、おとなしく聞《き》いてりゃ、いつまでもとぼけてる。あとはおまえたちにまかせた」

雅男《まさお》は、妙子《たえこ》とゆかりに言《い》った。

「いいよ。わたしが言《い》わせてみせる。久江《ひさえ》、立《た》ちな」

妙子《たえこ》に言《い》われて、久江《ひさえ》はいすから立《た》ちあがった。

「ゆかり、後《うし》ろから押《お》さえてな」

ゆかりが久江《ひさえ》の後《うし》ろにまわって、両腕《りょううで》をかかえた。

「何《なに》するの？」

久江《ひさえ》が言《い》ったとたん、妙子《たえこ》は、久江《ひさえ》の腹《はら》にパンチをたたきこんだ。

久江《ひさえ》は、うめき声《ごえ》をあげて、くずれおちそうになった。

それをゆかりが支《ささ》えている。

妙子《たえこ》は、二発目《はつめ》のパンチをたたきこんだ。

久江《ひさえ》は、口《くち》から何《なに》か吐《は》いた。

「まだ言《い》わないつもりかい？」

妙子《たえこ》が言《い》った。

「何《なに》を言《い》うの？」

久江《ひさえ》の声《こえ》は弱々《よわよわ》しい。

「俊也《としや》のことだよ。友《とも》だちだろう？　隠《かく》してもわかってんだよ。交換日記《こうかんにっき》やってたろう？」

「それは小学校《しょうがっこう》のときよ。中学《ちゅうがく》に入《はい》ってからはやめたわ」

「どうしてやめた？　俊也《としや》にふられたのか？」

「ちがう。交換日記《こうかんにっき》なんてばかばかしくなったからやめたのよ。俊也《としや》くんなんて興味《きょうみ》ないわ」

「うそつくな！」

妙子《たえこ》は、膝頭《ひざがしら》で久江《ひさえ》の下腹部《かふくぶ》をけりあげた。

久江《ひさえ》が悲鳴《ひめい》をあげた。

「好《す》きだって言《い》わなきゃ、まだやるぞ。好《す》きって言《い》

え！」

妙子《たえこ》は、また久江《ひさえ》をけりあげた。

「あいつ切《き》れてる」

達也《たつや》は、妙子《たえこ》の肩《かた》をつかんで、

「もうやめろ」

と、引《ひ》きはなした。

「だめだ。もっとやらせて」

「もういい。つれていけ」

達也《たつや》は、三人《にん》を部屋《へや》から追《お》いだしてしまった。

「なんでやめさせた？」

いつもの達也《たつや》だったら、こんなことはしない。なぜだろうと雅男《まさお》は思《おも》った。

「妙子《たえこ》はヤバイ。見《み》てたら怖《こわ》くなったんだ」

達也《たつや》が言《い》った。

「いつものおまえらしくねえじゃんか」

平山《ひらやま》が言《い》った。

「だけど、久江《ひさえ》はちがう。俊也《としや》の彼女《かのじょ》じゃねえ」

「おれもそう思《おも》う」

雅男《まさお》も、達也《たつや》と同《おな》じ気《き》がしてきた。

雅男《まさお》は、ケータイで2A《ツーエー》探偵局《たんていきょく》に電話《でんわ》した。

有季《ゆうき》が出《で》て、『もしもし』と言《い》った。

「秋元《あきもと》だよ。さっきは何《なん》の電話《でんわ》だった？」

『明日《あした》、俊也《としや》くんの親《おや》に会《あ》うよ』

有季《ゆうき》が言《い》った。

「え？　いたのか？」

『いたよ。会《あ》って話《はなし》が聞《き》きたいと言《い》ったら、会《あ》ってもいいって』

「そうか。会《あ》ったら、横山久江《よこやまひさえ》って女《おんな》を知《し》ってるかきいてくれるか？」

『それ、だれ？』

「小学校《しょうがっこう》のとき、俊也《としや》と交換日記《こうかんにっき》をやってたやつだ。中学《ちゅうがく》に入《はい》ってからは、俊也《としや》には興味《きょうみ》がなくなったとか言《い》ってるけど、本当《ほんとう》かうそかたしかめてくれ」

『いいわ、聞《き》いてみる。もしかして、その子痛《こいた》めつけたんじゃない？』

「俊也《としや》の親《おや》がおれを狙《ねら》ってるかどうか、よく調《しら》べてくれ」

『それを調《しら》べに行《い》くんじゃない』

「じゃあな」

雅男《まさお》は、久江《ひさえ》のことにはふれずに電話《でんわ》を切《き》った。

「2A探偵局《ツーエーたんていきょく》が、明日《あした》、俊也《としや》の親《おや》と会《あ》うそうだ」

「やつの親《おや》、海外旅行《かいがいりょこう》に行《い》ったんじゃねえのか?」

平山《ひらやま》が言《い》った。

「帰《かえ》ってきたんだろう」

「ヤベエことになってきたな」

達也《たつや》が言《い》った。

「何《なに》がヤベエんだ?」

平山《ひらやま》がきいた。

「マサオは、俊也《としや》の親《おや》かもしれねえからさ」

「敵《てき》がだれだかわかりゃ、かえっていいってことよ」

雅男《まさお》は、急《きゅう》に肩《かた》が軽《かる》くなった気《き》がした。

2

四月一日《がっついたち》。

有季《ゆうき》は、貢《みつぐ》と真之介《しんのすけ》の三人《にん》でT市《ティーし》を訪《おとず》れた。
出《で》かける前《まえ》、ノリコから手紙《てがみ》と現金《げんきん》一万円《まんえん》が送《おく》られてきた。
手紙《てがみ》にはこう書《か》いてあった。

> 2A《ツーエー》探偵局《たんていきょく》さま
> これはT市《ティーし》に通《かよ》う交通費《こうつうひ》です。
> 今日《きょう》から四月《がつ》、
> X《エックス》デーまで一週間《しゅうかん》、
> それまでに、ルパンをつかまえて。
> ホームズさん、
> この手紙《てがみ》は、マサオには秘密《ひみつ》。
> ノリコ

もうそろそろ桜《さくら》が咲《さ》きはじめるころだ。そのせいか、T市《ティーし》行《い》きの電車《でんしゃ》は行楽客《こうらくきゃく》で混《こ》んでいる。

「なんで、ノリコは手紙《てがみ》と金《かね》までよこしたんだ?」

貢《みつぐ》は首《くび》をかしげた。

「マサオには秘密《ひみつ》といっているところをみると、ノリコはこの殺人計画《さつじんけいかく》に必《かなら》ずしもさんせいしてないとみるべきだな」

真之介《しんのすけ》が言《い》った。

「それはそうよ。女《おんな》の子《こ》だもの」

「マサオが女《おんな》だったら、その説《せつ》は当《あ》たらないぜ」

真之介《しんのすけ》にそう言《い》われてみると、たしかにそのとおりだ。

「とにかく、マサオとノリコの関係《かんけい》が、ここにきて、ちょっと変《か》わってきたことはたしかね」

有季《ゆうき》が言《い》うと、真之介《しんのすけ》が、

「それはいえる」

と言《い》った。

「ルパンをつかまえてというのは、本音《ほんね》かもしれないね。だから、わたしたちを応援《おうえん》してるのよ」

「そうは思《おも》っても、マサオがだれとは教《おし》えない。彼女《かのじょ》の心《こころ》はゆれ動《うご》いているんだ」

真之介《しんのすけ》が、ノリコの心理分析《しんりぶんせき》をした。

それは、当《あ》たっているかもしれないと有季《ゆうき》は思《おも》った。

「ノリコに会《あ》いたいわね」

会《あ》えば、殺人《さつじん》をやめるよう説得《せっとく》できそうな気《き》がした。

「だけど、犯人《はんにん》が調査費《ちょうさひ》を出《だ》すなんて、聞《き》いたことないよな」

貢《みつぐ》が言《い》った。

「自分《じぶん》のパートナーに殺人《さつじん》をやめさせたい、女心《おんなごころ》さ」

「真《しん》、女心《おんなごころ》がわかるみたいなこと言《い》うわね」

有季《ゆうき》が言《い》うと、真之介《しんのすけ》は、

「まあな」

と、わかったような顔《かお》をした。

「おれだって、ちっとはわかるぜ。有季《ゆうき》と長《なが》いつき合《あ》いだからな」

貢《みつぐ》も負《ま》けずに言《い》う。

「何《なに》がわかるのよ？」

「女《おんな》ってのは、複雑《ふくざつ》なもんだ」

有季《ゆうき》は、思《おも》わず噴《ふ》きだしてしまった。

T駅《ティーえき》に着《つ》いた三人《にん》は、俊也《としや》の家《いえ》まで歩《ある》いていくことにした。

この前《まえ》行《い》ったので、地理《ちり》はわかっている。

「親《おや》に会《あ》ったら、こちらのことを隠《かく》したりしないで、本当《ほんとう》のことを言《い》ったほうがいいと思《おも》うな」

と、真之介《しんのすけ》が言《い》った。

有季《ゆうき》も、そのとおりだと思《おも》った。

俊也《としや》の家《いえ》に着《つ》くと、母親《ははおや》が出《で》てきて、待《ま》っていたと言《い》って、リビングルームに通《とお》してくれた。

そこには父親《ちちおや》らしい男性《だんせい》がいて、

「父親《ちちおや》の俊夫《としお》です。こちらが母親《ははおや》の舞子《まいこ》です」

と紹介《しょうかい》してくれた。

「わたしは2A《ツーエー》探偵局《たんていきょく》の前川有季《まえかわゆうき》です。それから、足田貢《あしだみつぐ》に秋庭真之介《あきばしんのすけ》」

と、有季《ゆうき》たちも自己紹介《じこしょうかい》した。

「ほう、探偵事務所《たんていじむしょ》をやっているのかね。きみたちは高校生《こうこうせい》?」

俊夫《としお》がきいた。

「いいえ、中学《ちゅうがく》二年《ねん》です。だから、2A《ツーエー》探偵局《たんていきょく》というんです」

「じゃあ、生《い》きていたら俊也《としや》と同《おな》じ?」

舞子《まいこ》がきいた。

「そうです」

有季《ゆうき》がうなずくと、舞子《まいこ》は複雑《ふくざつ》な表情《ひょうじょう》をした。

俊也《としや》のことを思《おも》いだしたのかもしれない、と有季《ゆうき》はちょっと気《き》の毒《どく》な気《き》がした。

「俊也《としや》のことをいろいろききたいんだって？」

俊夫《としお》がきいた。

「そうです」

「きみたちは探偵《たんてい》だって言《い》うけど、だれかから依頼《いらい》を受《う》けたのかね？」

「いいえ、今回《こんかい》は頼《たの》まれて調《しら》べているわけではありません。四月七日《がつなのか》の始業式《しぎょうしき》に秋元雅男《あきもとまさお》という生徒《せいと》が、殺《ころ》されるという予告状《よこくじょう》がわたしの事務所《じむしょ》にきたのです。だから、調《しら》べているのです」

「秋元雅男《あきもとまさお》という生徒《せいと》なら知《し》ってるよ。うちの俊也《としや》がよく話《はな》していた」

「仲《なか》は良《よ》かったんですか？」

「表向《おもてむ》きはね。しかし、裏《うら》にまわると、ひどく痛《いた》めつけていたらしい。しかも、自分《じぶん》ではやらずに、人《ひと》にやらせていた」

俊夫《としお》の話《はな》し方《かた》は静《しず》かだったが、たかぶる感情《かんじょう》を抑《おさ》えているのが、表情《ひょうじょう》から感《かん》じられた。

「それが自殺《じさつ》の原因《げんいん》だと思《おも》っていらっしゃいますか？」

真之介《しんのすけ》がきいた。

「俊也《としや》が死《し》んだのはインフルエンザだ。自殺《じさつ》ではない」

俊夫《としお》は強《つよ》い調子《ちょうし》で言《い》った。

「いいえ、自殺《じさつ》だったことはわかっています」

有季《ゆうき》が言《い》った。

「きみたちは、どうしてそんなことを知《し》っているのだ？」

「教《おし》えてくれる人《ひと》がいました」

「だれだ？」

「名前《なまえ》を言《い》わないので知《し》りません」

もしかしたら、俊夫《としお》かもしれない。

そう思《おも》った有季《ゆうき》は、俊夫《としお》の顔《かお》を正面《しょうめん》から見《み》つめた。しかし、表情《ひょうじょう》は変《か》わらなかった。

それは、あなたではないんですか？　と言《い》いたい衝動《しょうどう》を、辛《かろ》うじて抑《おさ》えた。

「俊也《としや》くんの小学校時代《しょうがっこうじだい》の友《とも》だちで、横山久江《よこやまひさえ》さんという方《かた》をご存知《ぞんじ》ですか？」

「ええ、知《し》ってるわ。小学校《しょうがっこう》のころは交換日記《こうかんにっき》なんか書《か》いて、とても仲《なか》が良《よ》かったけれど、中学《ちゅうがく》に入《はい》ってからはつき合《あ》いがなかったみたい」

舞子《まいこ》が言《い》った。

「中学《ちゅうがく》に入《はい》って、友《とも》だちはいなかったのですか？」

「入学当時《にゅうがくとうじ》はいたんだけれど、そのうち一人《ひとり》へり、二人《ふたり》へりして、亡《な》くなるころには、だれもいなかったようだわ」

「秋元《あきもと》くんがそうさせたんですね？」

「そうらしい。ただし、それはあとで知《し》ったことだ」

俊夫《としお》が言《い》った。

「小学校《しょうがっこう》のころの男《おとこ》の友《とも》だち、だれかいませんか？」

有季《ゆうき》が舞子《まいこ》にきいた。

「いたわ。P《ピー》って子《こ》」

「P《ピー》？」

「ピッグのP《ピー》。ぶたみたいに太《ふと》ってたからつけたんだって。この子《こ》とはいつも遊《あそ》んでたけど、彼《かれ》が私立《しりつ》中学《ちゅうがく》に入《はい》ってからは聞《き》かなかったわね」

「その子《こ》の名前《なまえ》、ご存知《ぞんじ》ありませんか？」

「思《おも》いだせないわ。いつもP《ピー》、P《ピー》って呼《よ》んでたから」

「ほかにいませんか？」

「小学校《しょうがっこう》のときは、友《とも》だちが多《おお》かったんだけど、中学《ちゅうがく》に入《はい》ったとたん、一人《ひとり》ぼっちになって、いつも落《お》ちこんでたわ。裏切《うらぎ》られたなんて言《い》ってたこともあったわ」

「その子《こ》の名前《なまえ》はわかりませんか？」

「きいても言《い》わなかったわ」

俊也《としや》は、みんなからシカトされ、たった一人《ひとり》になり、やがて死《し》を選《えら》ぶようになったにちがいない。

有季《ゆうき》は、胸《むね》が痛《いた》くなった。

「だれかわかりませんが、四月七日《がつなのか》の始業式《しぎょうしき》の日《ひ》、秋元《あきもと》くんを殺《ころ》すと言《い》っているのです」

有季《ゆうき》は、もう一度《いちど》俊夫《としお》の顔《かお》を見《み》た。

「きみは、私《わたし》を疑《うたが》っているのかね？　だから、家《いえ》にやってきたんだね？」

俊夫《としお》が言《い》った。

「はい。おっしゃるとおりです。わたしが父親《ちちおや》だったら、秋元《あきもと》という子《こ》は許《ゆる》せないからです」

有季《ゆうき》は、俊夫《としお》の目《め》を真《ま》っすぐ見《み》て言《い》った。

「たしかに、一年経《ねんた》っても俊也《としや》のことは忘《わす》れられない。怒《いか》りももちろん消《き》えない。では、秋元《あきもと》くんを殺《ころ》せばすべて解決《かいけつ》するかというと、そうは思《おも》えないのだよ。もし殺《ころ》せば、今度《こんど》は秋元《あきもと》くんの親《おや》が私《わたし》たちと同《おな》じように悲《かな》しむ」

俊夫《としお》の言《い》うことには説得力《せっとくりょく》がある。

「わたしたちは、秋元《あきもと》くんがどういう人間《にんげん》であっても、助《たす》けなくてはなりません」

「そのとおりだ。ぜひそうしてくれたまえ」

三人《にん》は、俊也《としや》の部屋《へや》を見《み》せてもらったり、思《おも》い出話《でばなし》を聞《き》かされてから、家《いえ》を出《で》た。

両親《りょうしん》が、玄関《げんかん》まで出《で》て見送《みおく》ってくれた。

「重《おも》いなあ」

貢《みつぐ》は、家《いえ》が見《み》えなくなると、吐息《といき》とともに言《い》った。

「あの二人《ふたり》が殺人《さつじん》を考《かんが》えているとはとても思《おも》えないわね」

有季《ゆうき》は、俊也《としや》の両親《りょうしん》に、すっかり親近感《しんきんかん》をおぼえていた。

「そういう感情《かんじょう》を持《も》つことは、探偵失格《たんていしっかく》だ」

真之介《しんのすけ》が突《つ》きはなすように言《い》った。

3

四月二日《がつふつか》。

「秋元《あきもと》くん、これ見《み》て」

妙子《たえこ》が、はがきを雅男《まさお》に見《み》せた。

四月七日《がつなのか》は始業式《しぎょうしき》。
けれど、ぼくは学校《がっこう》には行《い》きません。
なぜかというと、
三年《ねん》になれないからです。

ぼくの最後《さいご》の春休《はるやす》み。

みなさんさようなら。

秋元雅男《あきもとまさお》

「こんなはがきが、どこにあったんだ？」

そばにいた平山《ひらやま》が言《い》った。

「みんなのところへきたらしいよ。みんな、秋元《あきもと》くんに何《なに》かあったのかってうわさしてるよ」

妙子《たえこ》が言《い》った。

「だれだ？　こんなふざけたことやったやつは？」

雅男《まさお》の顔《かお》が青《あお》くなった。

「マサオさ。決《き》まってるだろう。どうする？　放《ほう》っておくか？」

達也《たつや》は冷《さ》めた表情《ひょうじょう》で言《い》った。

「放《ほう》っておいたら、みんな、これを信《しん》じちゃうぜ」

平山《ひらやま》が言《い》った。

「それじゃ、クラス全員《ぜんいん》にはがき出《だ》せば」

脇坂《わきさか》が言《い》った。

「なんて書《か》くんだ？　おれは始業式《しぎょうしき》に出《で》るって書《か》くのか？　そんなはがき出《だ》したら、笑《わら》いものだぜ」

達也《たつや》が言《い》った。

「達也《たつや》の言《い》うとおりだ。シカトしよう」

雅男《まさお》が言《い》った。

「それでいいのかな？」

平山《ひらやま》は首《くび》をかしげた。

「けさ、おれんちにもはがきがきたんだ。これがそうだ」

雅男《まさお》がポケットから出《だ》したはがきを、四人《にん》がのぞきこんだ。

秋元《あきもと》くん、逃《に》げて。
始業式《しぎょうしき》に出《で》たらやられるよ。
みんなに笑《わら》われてもいいから、
遠《とお》くへ行《い》って、二度《にど》と帰《かえ》らないで。
ノリコ

「なんだよ、このはがき。要《よう》するにみんなの前《まえ》から消《き》えろということだろう？」

達也《たつや》が言《い》った。

「まあ、そういうことだ」

「こんなふざけたこと言《い》われて、腹立《はらた》たねえか？」

平山《ひらやま》は、雅男《まさお》の顔《かお》を見《み》た。

「こんなことで腹《はら》は立《た》たねえ。蚊《か》に刺《さ》されたほども感《かん》じねえよ」

雅男《まさお》は、みんなに余裕《よゆう》のあるところを見《み》せた。

「このノリコってのは、マサオの彼女《かのじょ》か？」

脇坂《わきさか》が言《い》った。

「そうだ。ただし、マサオがわかんねえんだから、ノリコもどこのだれだかわかんねえ」

「久江《ひさえ》はシロだな？」

脇坂《わきさか》が言《い》うと妙子《たえこ》が、

「あいつは関係《かんけい》ないことがわかった」

と言《い》った。

「ほかに、だれかいねえのか？」

「それがいないんだよ。ほかのクラスは知《し》らないけれど」

「こうやって手紙《てがみ》を出《だ》すところをみると、ほかのクラスではない。絶対《ぜったい》うちのクラスにいる。捜《さが》し方《かた》が悪《わる》いんだ」

平山《ひらやま》がかみついた。

「昨日《きのう》、例《れい》の探偵《たんてい》が俊也《としや》の親《おや》に会《あ》っている」

雅男《まさお》は、平山《ひらやま》を無視《むし》して言《い》った。

「何《なに》かわかったか？」

達也《たつや》がきいた。

「出《で》かける前《まえ》にノリコから手紙《てがみ》がきて、交通費《こうつうひ》に使《つか》ってくださいって、一万円入《まんえんはい》ってたそうだ。これは、どういうことだかわかるか？」

雅男《まさお》は達也《たつや》の顔《かお》を見《み》た。

「2A探偵局《ツーエーたんていきょく》は、マサオとノリコを捜《さが》してるんだ。そのノリコが交通費《こうつうひ》を送《おく》ってくるなんて、そんなことありか？」

「おれが出《だ》さなくちゃならねえ金《かね》を、かわりに出《だ》してくれたってわけだ。ここまでなめられたんじゃ、頭《あたま》にくるのを通《とお》りこして、言葉《ことば》もないぜ」

「わかる、わかる」

平山《ひらやま》が言《い》った。

「それで、何《なに》がわかったんだ？」

達也《たつや》がきいた。

「久江《ひさえ》は、小学校《しょうがっこう》のときはつき合《あ》いがあったけど、中学《ちゅうがく》ではつき合《あ》いがなかったってさ」

「やっぱりね。あいつ、うそついてなかったんだ」

妙子《たえこ》がうなずいた。

「それから、小学校《しょうがっこう》のときP《ピー》って友《とも》だちがいたそうだけど、こいつも私立《しりつ》に入《はい》ってからつき合《あ》ってないってさ。P《ピー》ってだれのことだ？」

「さあ……」

達也《たつや》が首《くび》をかしげると、

「P《ピー》なんて名前《なまえ》は日本人《にほんじん》にはないぜ」

脇坂《わきさか》が笑《わら》った。

「俊也《としや》の親《おや》はどうだったんだ？」

平山《ひらやま》がきいた。

「おれのことを憎《にく》んでるらしいけど、殺《ころ》すことは考《かんが》えてないってさ」

雅男《まさお》が言《い》った。

「そうなると、マサオとノリコは、俊也《としや》の親《おや》ではないってことになる。いったいだれなんだ？　だれもいなくなっちゃったじゃねえか？」

脇坂《わきさか》がいらだって言《い》った。

「こんな手紙《てがみ》をよこすんだから、いることはたしかだ」

「おれは、俊也《としや》の親《おや》が怪《あや》しいと思《おも》う。あの探偵《たんてい》は、うまくごまかされたんだ」

達也《たつや》が言《い》った。

「おれもそう思《おも》う。やつらのほかに、こんなことのできるやつがどこにいる？」

雅男《まさお》には、俊也《としや》の両親《りょうしん》しか目《め》に入《はい》らない。

「それじゃどうする？　やつらをこのまま放《ほう》っとくのか？　それともやるか？」

平山《ひらやま》が言《い》った。

「七日《なのか》まで、あと五日《いつか》ある。どうするか、いま考《かんが》えてるところだ」

雅男《まさお》が言《い》った。

「おれたちが気《き》づいてるってことを、やつらに知《し》らせたほうがいいんじゃねえか？　そうしたらどう出《で》るか、その反応《はんのう》をみようぜ」

達也《たつや》が言《い》った。

「それはいい考《かんが》えだ。達也《たつや》にまかせる」

雅男《まさお》は、妙子《たえこ》に向《む》かって、

「妙子《たえこ》、かおりの様子《ようす》はどうだ？　まだ、泰志《やすし》とつき合《あ》ってるか？」

ときいた。

「もうつき合《あ》ってない。嫌《きら》いになったって」

「しかし、そう見《み》せかけてるってこともあるから、気《き》をつけて監視《かんし》してろよ」

「いいよ」

妙子《たえこ》は最近《さいきん》、雅男《まさお》の彼女《かのじょ》みたいにふるまっている。

「泰志《やすし》とかおりをまだ疑《うたが》ってるのか？」

達也《たつや》がきいた。

「おれは疑《うたが》い深《ぶか》いんだ」

雅男《まさお》が言《い》った。

「おれたちのことも疑《うたが》ってんのか？」

脇坂《わきさか》がきいた。

「疑《うたが》ってる」

「本当《ほんとう》か？」

「じょうだんに決《き》まってるだろう」

「なんだ。脅《おど》かすなよ」

脇坂《わきさか》は、胸《むね》をなでおろしている。

「始業式《しぎょうしき》まであと五日《いつか》だ。その間《あいだ》、親《しん》せきの家《いえ》かどこかに行《い》ってたらどうだ？」

達也《たつや》が言《い》った。

「どこにも行《い》きたくねえ。おれはここにいる。もちろん、始業式《しぎょうしき》にも出《で》る」

雅男《まさお》は胸《むね》をはって言《い》った。

「秋元《あきもと》は、おれたちできっと守《まも》る」

達也《たつや》が言《い》うと、平山《ひらやま》と脇坂《わきさか》も、

「まかしてくれ」

と言《い》った。

「頼《たの》んだぞ」

雅男《まさお》は、三人《にん》の手《て》をしっかり握《にぎ》った。

しかし、心《こころ》の中《なか》はさめていた。

4

4月《がつ》3日《か》
秋元《あきもと》が生《い》きているのは、あと四日《よっか》。
あいつもあせっている。

かわいそうに、関係《かんけい》のない久江《ひさえ》をフクロにした。
久江《ひさえ》は、こわくて始業式《しぎょうしき》には出《で》られないと言《い》っている。
ノリコ、もうだいじょうぶだと言《い》ってやってくれ。
2A探偵局《ツーエーたんていきょく》は、4月1日《がつついたち》に俊也《としや》の家《いえ》に出《で》かけた。
こんなことしてると時間《じかん》ぎれだぜ。
あと心配《しんぱい》なのは、秋元《あきもと》がどこかへふけてしまうことだ。
あんまり、おどかさないほうがいいかもしれない。

マサオ

久江《ひさえ》には、わたしから言《い》っておく。
妙子《たえこ》が、わたしのことを必死《ひっし》にさがしてるよ。
秋元《あきもと》に命令《めいれい》されたんだ。
でも、わたしは見《み》つけられない。
始業式《しぎょうしき》が待《ま》ちどおしいね。
今日《きょう》は、桜《さくら》が満開《まんかい》　散《ち》らなければいいね。

「これを読《よ》むと、俊也《としや》の両親《りょうしん》は関係《かんけい》ないみたいだけれど、だから怪《あや》しくなるな」

貢《みつぐ》が言《い》った。

「怪《あや》しくない人間《にんげん》が怪《あや》しいというのが、ミステリーの鉄則《てっそく》だからね」

有季《ゆうき》が言《い》った。

「それをもう一度《いちど》ひっくり返《かえ》すと、怪《あや》しいやつがやっぱり犯人《はんにん》ということになる」

真之介《しんのすけ》が言《い》った。

「とにかく、こうなめられたんじゃ、わたしたちもかたなしね」

「まだ四日《よっか》ある。マサオは四月七日《がつなのか》以前《いぜん》には絶対《ぜったい》やらない。あと四日間《よっかかん》でマサオにたどりつけばいいのさ」

真之介《しんのすけ》は、さほど焦《あせ》っていない。この自信《じしん》が頼《たの》もしい。

「おれ思《おも》うんだけど、ノリコってのは、自分《じぶん》がばれないという自信《じしん》を持《も》っている。もし、マサオがクラスの人間《にんげん》なら、ノリコもそうだろう？　それならばれてもいいはずだ」

貢《みつぐ》が言《い》った。

「マサオとノリコが、俊也《としや》の両親《りょうしん》ならばれないだろう」

真之介《しんのすけ》が言《い》った。

しかし、有季《ゆうき》は、ノリコが俊也《としや》の母親《ははおや》ということには前《まえ》からひっかかっていた。

とくに、実際母親《じっさいははおや》に会《あ》ってからは、ノリコは母親《ははおや》ではないという思《おも》いが強《つよ》くなった。

「ノリコは久江《ひさえ》さんをなぐさめるみたいだから、久江《ひさえ》さんに電話《でんわ》してきいてみようか？」

有季《ゆうき》は、調《しら》べておいた久江《ひさえ》の電話番号《でんわばんごう》を見《み》て、電話《でんわ》してみることにした。

呼《よ》びだし音《おん》がすると、ほとんど同時《どうじ》に受話器《じゅわき》が取《と》られて、

『横山《よこやま》です』

という中年《ちゅうねん》の女《おんな》の声《こえ》がした。

久江《ひさえ》の母親《ははおや》だなと直感的《ちょっかんてき》に思《おも》った。

「わたし、前川有季《まえかわゆうき》と申《もう》しますが、久江《ひさえ》さんいらっしゃいますか？」

『学校《がっこう》のお友《とも》だち？』

母親《ははおや》は警戒《けいかい》しているふうに感《かん》じられた。

「いいえ、そうではありません。ちょっと、おききしたいことがあるのです」

『では、ちょっと待《ま》って』

断《ことわ》られるかと思《おも》ったが、母親《ははおや》は、久江《ひさえ》を呼《よ》びに行《い》ったらしい。

しばらくして、「もしもし」というか細《ぼそ》い声《こえ》がした。

「わたし、前川有季《まえかわゆうき》っていいます。はじめてお電話《でんわ》するんだけれど、あなた、秋元《あきもと》くんたちにひどくやられたんだって？」

『ええ』

「俊也《としや》くんの友《とも》だちじゃないかってことでしょう？」

『ええ』

「わたし、俊也《としや》くんのお母《かあ》さんにきいたんだけど、中学《ちゅうがく》に入《はい》ってからは友《とも》だちじゃないんだってね？」

『そう』

久江《ひさえ》は、ほとんど聞《き》こえない声《こえ》で言《い》った。

「あいつたち、間違《まちが》えてあなたにひどいことしたらしいわ。俊也《としや》くんと親《した》しかった友《とも》だち知《し》らない？」

『そんな子《こ》いない』

「そう。ノリコって子《こ》知《し》らない？」

『知《し》らない』

「その子《こ》から電話《でんわ》があると思《おも》うんだけど」

『あったわ』

有季《ゆうき》は、えっと思《おも》った。

「聞《き》いたことのある声《こえ》？」

『ううん、はじめて聞《き》く声《こえ》』

「なんて言《い》った？」

『秋元《あきもと》は三年《ねん》にはならないから、心配《しんぱい》しないで始業式《しぎょうしき》に出《で》ろって言《い》ったわ』

「どうしてってきいた？」

『きいたら、秋元《あきもと》くんは死《し》ぬんだって』

「そんなこと言《い》ったの？」

『秋元《あきもと》くんって病気《びょうき》かしら？』

「さあ……」

有季《ゆうき》は、ありがとうと言《い》って電話《でんわ》を切《き》った。

「ノリコは、久江《ひさえ》さんのところへ電話《でんわ》したらしいわ。安心《あんしん》して始業式《しぎょうしき》に出《で》てこいって」

「久江《ひさえ》はノリコを知《し》っているのか？」

「知《し》らないって」

「それじゃ、同《おな》じクラスの人間《にんげん》じゃないな」

真之介《しんのすけ》は、考《かんが》えこんでしまった。

「交換日記《こうかんにっき》を見《み》る限《かぎ》りでは、二人《ふたり》とも同《おな》じクラスの人間《にんげん》に思《おも》えるけど。わたしたち、どこかで間違《まちが》ってるのかな？」

「ぼくらが間違《まちが》えるということを、マサオは計算《けいさん》している。ということは、この事件《じけん》を常識《じょうしき》で考《かんが》えてはいけないということだ」

「そうよ、真《しん》の言《い》うとおりよ。最初《さいしょ》から考《かんが》え直《なお》さないと、この事件《じけん》は解《と》けないわ」

「のんびりしてると、ゲームオーバーになっちゃうぜ」

貢《みつぐ》が言《い》ったとき、ドアがあいて日比野《ひびの》が入《はい》ってきた。

「おそろいだな」

貢《みつぐ》は、日比野《ひびの》にあいさつしてから、

「日比野《ひびの》さん、また、最近太《さいきんふと》ったんじゃないですか？」

ときくと、日比野《ひびの》はいやな顔《かお》をして、

「その言葉《ことば》はタブーだと言《い》ったろ」

日比野《ひびの》は、貢《みつぐ》の腹《はら》をたたいた。

有季《ゆうき》は、二人《ふたり》のやりとりを見《み》ていて、俊也《としや》の母親《ははおや》が言《い》ったピッグを思《おも》いだした。

「日比野《ひびの》さん、小学校《しょうがっこう》のときから太《ふと》ってましたか？」

ときいた。

「うん、太《ふと》ってた」

「中学《ちゅうがく》に入《はい》ってやせませんでしたか？」

「ぜんぜんだ。どうしてそんなことをきく？」

「ちょっと……」

有季《ゆうき》は、席《せき》を立《た》つと電話機《でんわき》のところへ行《い》き、俊也《としや》の家《いえ》に電話《でんわ》した。

母親《ははおや》の舞子《まいこ》が電話《でんわ》に出《で》た。

「前川有季《まえかわゆうき》です。ちょっとおたずねしますけれど、P《ピー》って子《こ》、私立《しりつ》に行《い》ったっておっしゃいましたね？」

『名前思《なまえおも》いだしたわ。上原《うえはら》くんっていうのよ』

「連絡先《れんらくさき》を教《おし》えてください。会《あ》ってみたいんです」

舞子《まいこ》は、P《ピー》の住所《じゅうしょ》と電話番号《でんわばんごう》を教《おし》えてくれた。

これで、一つ手《て》がかりができた。

有季《ゆうき》が、にこにこしながら席《せき》に戻《もど》ると、

「なんで、急《きゅう》にP《ピー》のこと思《おも》いだしたんだ？」

貢《みつぐ》がきいた。

「日比野《ひびの》さんのお腹見《なかみ》てたら、急《きゅう》に思《おも》いだしたのよ」

「わかった。ピッグだからだろう？」

「何《なに》がピッグだ？」

日比野《ひびの》は、二人《ふたり》の会話《かいわ》の意味《いみ》がぜんぜんわかっていない。

有季《ゆうき》は、こらえきれなくなって、笑《わら》いだしてしまった。

真之介《しんのすけ》に、P《ピー》が上原《うえはら》だと説明《せつめい》すると、

「上原《うえはら》に電話《でんわ》してみろよ」

と言《い》われた。

「そうね」

有季《ゆうき》は上原《うえはら》の家《いえ》に電話《でんわ》してみた。すぐに、

『もしもし』

という中学生《ちゅうがくせい》らしい声《こえ》がした。

「上原《うえはら》くん？」

『そうだけど』

「わたし、前川有季《まえかわゆうき》っていうんだけど、俊也《としや》くんのことについて、ちょっとききたいの」

『俊也《としや》？　ぼくは俊也《としや》とは学校《がっこう》が違《ちが》うから知《し》らないよ』

そっけない返事《へんじ》だ。

「小学校《しょうがっこう》のときのことでいいの。親友《しんゆう》だったんでしょう？」

『うん』

「あなたのこと、俊也《としや》くんはP《ピー》って呼《よ》んでたんだってね。いまでも太《ふと》ってる？」

『まあね』

「何《なん》キロ?」

『七十キロ』

「じゃ、日比野《ひびの》さんと一緒《いっしょ》だわ」

『だれだ、それ? その人《ひと》も太《ふと》ってるのか?』

「そうよ。彼《かれ》、イタリアンレストランで働《はたら》いているの」

『へえ』

最初《さいしょ》は警戒《けいかい》していた上原《うえはら》だったが、すっかりうちとけてきた。

「ねえ、そのレストラン『フィレンツェ』っていうんだけど、食《た》べに来《こ》ない? すごくおいしいよ。料《りょう》金《きん》は負《ま》けるからさ」

『イタリア料理《りょうり》と聞《き》いたら、急《きゅう》につばが出《で》てきた。行《い》こうかな?』

「おいでよ」

『いまから行《い》ってもいいか?』

「いいわよ。いま場所《ばしょ》を教《おし》える」

有季《ゆうき》は、T市《ティーし》から来《く》る方法《ほうほう》を教《おし》えた。

「一時間《じかん》と少《すこ》しあれば来《こ》られるわ」

『じゃ、いまから行《い》く』

上原《うえはら》は、電話《でんわ》を切《き》った。

「太《ふと》ってるやつって、食《く》いものの話《はなし》をすると、イチコロなんだ」

貢《みつぐ》が言《い》うと、日比野《ひびの》がうなずいた。

5

上原《うえはら》は、それから、一時間《じかん》と少《すこ》ししてやってきた。

はじめて見《み》る上原《うえはら》は、日比野《ひびの》とそっくりだった。

「本当《ほんとう》に来《き》たわね」

「イタリア料理《りょうり》と聞《き》いちゃ、がまんできないよ」

上原《うえはら》は、人《ひと》なつこい笑顔《えがお》を見《み》せた。

日比野《ひびの》がキッチンから顔《かお》を出《だ》すと、上原《うえはら》は、びっくりしたように見《み》つめた。

「こちらが、このレストランの息子《むすこ》で、わたしの相棒《あいぼう》の貢《みつぐ》くん。こちらはシェフ見習《みなら》いの日比野《ひびの》さん」

有季《ゆうき》は、二人《ふたり》を紹介《しょうかい》した。

「料理《りょうり》はおれにまかせるか？」

日比野《ひびの》が言《い》うと、上原《うえはら》は、

「はい、おねがいします」

と言《い》って頭《あたま》を下《さ》げた。

「じゃ、さっそくきくけど、上原《うえはら》くんは小学校《しょうがっこう》のとき俊也《としや》くんと仲《なか》が良《よ》かったの？」

「うん。ぼくは知也《ともや》っていうんだけど、もう一人《ひとり》、手島達也《てじまたつや》と三人《にん》で、三也《さんや》といわれてたんだ」

上原《うえはら》が言《い》った。

「達也《たつや》って、あの第三中学《だいさんちゅうがく》の達也《たつや》くん？」

有季《ゆうき》は、思《おも》いがけない名前《なまえ》が出《で》たので、瞬間息《しゅんかんいき》が止《と》まった。

「達也《たつや》を知《し》ってるの？」

「知《し》ってるわよ。会《あ》ったことあるもの」

「あいつ、小学校《しょうがっこう》のときは俊也《としや》と仲良《なかよ》かったんだけど、中学《ちゅうがく》に入《はい》ってから、すっかり変《か》わっちゃった」

「あなた、中学《ちゅうがく》に入《はい》ってから俊也《としや》くんとつき合《あ》ってた？」

「学校《がっこう》がちがうからぜんぜんつき合《あ》ってない」

「達也《たつや》くんとは？」

「彼《かれ》ともつき合《あ》ってない。だけど、俊也《としや》がいじめられているということは、うわさで聞《き》いてた」

「俊也《としや》くんが死《し》んだことは、もちろん知《し》ってるわね？」

「去年《きょねん》、インフルエンザで死《し》んだんだろう？」

「そういうふうに聞《き》いてる？」

上原《うえはら》は、逆《ぎゃく》に質問《しつもん》した。

「うわさでは、いじめで自殺《じさつ》したといわれてるのよ」

「まさか……」

前菜《ぜんさい》のサラダが運《はこ》ばれてきたので、上原《うえはら》は、さっそくそれにフォークを入《い》れた。

「第三中学《だいさんちゅうがく》の秋元《あきもと》って子知《こし》ってる？」

「知《し》ってるよ。会《あ》ったことはないけど、けっこう有名《ゆうめい》なやつだ。達也《たつや》は、そいつの子分《こぶん》らしいってこと聞《き》いた」

「そうなのよ。小学校《しょうがっこう》のときの達也《たつや》くんって、どんな子《こ》だった？」

「あいつの家《いえ》って、おふくろが家出《いえで》しちゃって、おやじと二人《ふたり》で住《す》んでた。しょっちゅうなぐられて、顔《かお》にあざつけて学校《がっこう》に来《き》た」

「かわいそうに、じゃ、お父《とう》さんのこと嫌《きら》いでしょう？」

「大嫌《だいきら》いだって言《い》ってた」

「三人《にん》でよく遊《あそ》んだの？」

「うん、ぼくんちが広《ひろ》かったから、よく来《き》てゲームなんかやってた」

海老《えび》や貝《かい》など魚貝《ぎょかい》がいっぱいの豪華《ごうか》なパスタを、貢《みつぐ》が運《はこ》んできた。

「すっげえ、ぼくトマトのパスタ大好《だいす》きなんだ」

上原《うえはら》は、「うまい」を連発《れんぱつ》しながら、パスタを口《くち》の中《なか》に放《ほう》りこんだ。

いまは、何《なに》を質問《しつもん》しても耳《みみ》に入《はい》りそうもない。有《ゆう》季《き》は、上原《うえはら》が食《た》べるにまかせて黙《だま》って眺《なが》めていた。

その後《ご》、ビーフステーキを食《た》べ、ジェラートを食《た》べ終《お》わると、上原《うえはら》は、満足《まんぞく》したように腹《はら》をなでた。

「ああ、うまかった」

「ちょっと頼《たの》みがあるんだけど」

有季《ゆうき》が言《い》うと、上原《うえはら》は、

「なんでも聞《き》くぜ」

と言《い》った。

「達也《たつや》くんに会《あ》って、最近《さいきん》のこときいてほしいの。ガールフレンドのこととか、友《とも》だちのこととか……なんでもいい」

「いいよ。いつまでにきけばいい？」

「できるだけ早《はや》いほうがいいわ。できれば、明日《あした》にでもきいてくれる？」

「ＯＫ《オーケー》、きいたらここへ電話《でんわ》するよ。ところで、きみたち探偵《たんてい》だろう？」

「そうよ」

「何《なに》を調《しら》べてるんだ？」

「殺人《さつじん》」

「ええっ。それ、じょうだんだろう？」

上原《うえはら》は信《しん》じていない。

「本当《ほんとう》よ。四月七日《がつなのか》の第三中学《だいさんちゅうがく》の始業式《しぎょうしき》に、殺人事件《さつじんじけん》が起《お》きるかもしれない。わたしたちは、それを防《ふせ》ぐために、いろいろ調《しら》べてるの」

「俊也《としや》のことが、それに関係《かんけい》あるのか？」

「あるのよ。だから、なんでもいい。俊也《としや》くんのことでも達也《たつや》くんのことでも、思《おも》いだしたら教《おし》えて」

「わかった」

上原《うえはら》の表情《ひょうじょう》が見《み》ちがえるほどきびしくなった。

「上原《うえはら》、今夜《こんや》の食事代《しょくじだい》はおれのおごりにするぜ」

貢《みつぐ》が言《い》った。

「え？　本当《ほんとう》か？」

上原《うえはら》は、目《め》を丸《まる》くした。

「調査《ちょうさ》に協力《きょうりょく》してもらったからな。これからもよろしく頼《たの》むぜ」

「いいよ。ぼくにできることならなんでもやる。ぼく心配《しんぱい》してたんだ。こんな料理《りょうり》高《たか》いだろうなって。

じつは、あまり金《かね》持《も》ってないんだ。よかったぁ」

上原《うえはら》は、頬《ほお》がとけおちるかと思《おも》うような笑《え》みを顔《かお》いっぱいに浮《う》かべた。

上原《うえはら》が帰《かえ》ってしまうと、

「達也《たつや》のことをきいてたけど、どうしてだ？」

と、貢《みつぐ》がきいた。

「達也《たつや》くんって、秋元《あきもと》くんの右腕《みぎうで》だって言《い》ってたから、これまで一度《いちど》も疑《うたが》ってなかったけど、でも、疑《うたが》わしくない者《もの》が怪《あや》しいという鉄則《てっそく》からいったら、一度《いちど》は達也《たつや》くんを疑《うたが》ってみるべきだと思《おも》ったの」

「有季《ゆうき》のその考《かんが》えは正《ただ》しい」

「秋元《あきもと》に睡眠薬《すいみんやく》を飲《の》ませたことだって、秋元《あきもと》の部屋《へや》の窓《まど》にカギがかかってないことは、達也《たつや》だったら知《し》っている」

「たしかに、達也《たつや》くんだったらやれる可能性《かのうせい》はあるけれど、問題《もんだい》は動機《どうき》よ。達也《たつや》くんは秋元《あきもと》くんのことを嫌《きら》いとは言《い》っていたけれど、殺《ころ》したいほど憎《にく》んではいない気《き》がする」

「そこまで憎《にく》んでいたら、秋元《あきもと》と一緒《いっしょ》にいないだろう」

貢《みつぐ》が言《い》った。

「それと、達也《たつや》くんがマサオだとしたら、ノリコはどこにいるの？　達也《たつや》くんには、ガールフレンドはいないはずだわ」

有季《ゆうき》も、上原《うえはら》の話《はなし》を聞《き》いて、達也《たつや》に疑問《ぎもん》を持《も》ったが、それなら、ノリコはどこにいるのかと考《かんが》えると、それ以上前《いじょうまえ》に進《すす》めなくなる。

「ノリコか……。ノリコを捜《さが》さなくては、達也《たつや》に手《て》は出《だ》せない」

真之介《しんのすけ》が、腕組《うでぐ》みしたまま言《い》った。

「交換日記《こうかんにっき》によると、マサオは秋元《あきもと》が俊也《としや》を自殺《じさつ》に追《お》いこんだことが許《ゆる》せないと言《い》ってるぜ。達也《たつや》にだって、その責任《せきにん》はあるんじゃないか？　俊也《としや》が達也《たつや》も許《ゆる》せないと言《い》うならわかるけど、達也《たつや》が秋元《あきもと》を許《ゆる》せないというのは、どう考《かんが》えたらいいんだ？」

貢《みつぐ》が首《くび》をかしげた。

「その意見《いけん》ももっともね。でも……」

理屈《りくつ》では説明《せつめい》できないけれど、有季《ゆうき》の心《こころ》に芽生《めば》えた疑惑《ぎわく》は消《き》えるどころか、しだいにふくらんできた。

Ⅵ　始業式《しぎょうしき》

1

4月《がつ》5日《か》

ノリコ、
今日《きょう》、湖《みずうみ》に行《い》ったら桜《さくら》が満開《まんかい》だった。
始業式《しぎょうしき》の計画《けいかく》は完了《かんりょう》した。あとは実行《じっこう》するだけだ。
おれにもしものことがあったら、打《う》ち合《あ》わせどおり、ノリコがやってくれ。
やることはわかっているだろう？

大好《だいす》きなマサオ。
やることはわかっているけれど、わたしを一人《ひとり》にしちゃいやよ。
マサオとはなれて、わたしは生《い》きられないもん。

気《き》をつけて。


「とうとう、あさってになったな。上原《うえはら》の電話《でんわ》、おそいな」

貢《みつぐ》が、いらいらしながら言《い》った。

電話《でんわ》が鳴《な》った。

「わたしが取《と》る」

有季《ゆうき》が手《て》を伸《の》ばして受話器《じゅわき》を取《と》った。

「もしもし、2A《ツーエー》探偵局《たんていきょく》です」

『有季《ゆうき》?』

上原《うえはら》の声《こえ》だ。

「そうよ、連絡《れんらく》おそいじゃない。待《ま》ってたのよ」

『それが……』

上原《うえはら》は言《い》いよどんだ。

「どうしたの?」

『達也《たつや》のうちに、だれもいないんだ。何度《なんど》も家《いえ》に行《い》って電話《でんわ》もかけたんだけど、でなくて……』

また、上原《うえはら》の言葉《ことば》が切《き》れた。

「達也《たつや》くんの家《いえ》は、お父《とう》さんと二人暮《ふたりぐ》らしなのよね」

『そう。小学校《しょうがっこう》の時《とき》なんて、いつもなぐられて、けがしてた』

「そう。また何《なに》かわかったら連絡《れんらく》して」

有季《ゆうき》は、電話《でんわ》を切《き》った。

スピーカーホンで、貢《みつぐ》と真之介《しんのすけ》は電話《でんわ》の内容《ないよう》を知《し》っている。

「秋元《あきもと》にきいてみたら？」

貢《みつぐ》が言《い》った。

「そうする」

有季《ゆうき》は、雅男《まさお》のケータイに電話《でんわ》した。

「わたし、有季《ゆうき》、何《なに》か変《か》わったことない？」

『えらいことが起《お》きた』

雅男《まさお》の声《こえ》が、いつもとまったくちがう。

「何《なに》が起《お》きたの？」

『達也《たつや》がおやじとけんかして、おやじを殺《ころ》しちまったらしい』

「お父《とう》さんを殺《ころ》しちゃったの？」

『いつか、こういうことが起《お》きるんじゃねえかと思《おも》ってたんだ』

雅男《まさお》の声《こえ》は何《なに》もかも終《お》わったみたいに暗《くら》い。

「でも、お父《とう》さんを殺《ころ》すなんて信《しん》じられない」

『あいつんちは、おやじが悪《わる》いんだ。あんなおやじならいねえほうがいい』

雅男《まさお》は、まるで咆《ほ》えるようにどなった。

「それで達也《たつや》くんはどうしたの？　自首《じしゅ》したの？」

『どうしたらいいって言《い》うから、逃《に》げろと言《い》ってやった』

「逃《に》げたってだめよ。警察《けいさつ》に自首《じしゅ》させなさい」

『警察《けいさつ》に行《い》くくらいなら、死《し》んだほうがいいと言《い》うんだ』

「どこへ行《い》ったかわかる？」

『大阪《おおさか》だろう。やつの別《わか》れたおふくろがいるから』

「大阪《おおさか》のどこ？」

『わかんねえ』

「達也《たつや》くんから連絡《れんらく》はあるの？」

『一日《にち》に一回《かい》は電話《でんわ》しろって言《い》っといた』

「お父《とう》さんの遺体《いたい》はどこにあるの？」

『そんなこと、きいてねえ』

「とにかく、連絡《れんらく》があったら、会《あ》って、自殺《じさつ》しないように説得《せっとく》することね。警察《けいさつ》へ行《い》くのは、そのあとでいいわ」

『わかった。そうする』

有季《ゆうき》は受話器《じゅわき》を置《お》いた。

夢中《むちゅう》になってしゃべったが、頭《あたま》がぼうっとなって、何《なに》をしゃべったかおぼえていない。

「おやじをぶっ殺《ころ》しちまうなんて、おれには考《かんが》えられねえよ」

貢《みつぐ》は、遠《とお》くに視線《しせん》を向《む》けて言《い》った。

父親《ちちおや》とは特《とく》に仲《なか》がいい貢《みつぐ》が、そう思《おも》うのも無理《むり》はない、と有季《ゆうき》は思《おも》った。

「殺《ころ》したくなる気持《きも》ち、わからないでもない」

真之介《しんのすけ》が、ぼそっと言《い》った。

プライベートなことは、ほとんど話《はな》したことのない真之介《しんのすけ》が、こんなことを言《い》うなんて、有季《ゆうき》は思《おも》いもしなかったので、思《おも》わず顔《かお》を見《み》てしまった。

真之介《しんのすけ》の表情《ひょうじょう》は、言葉《ことば》と裏腹《うらはら》に、静《しず》かだったので安心《あんしん》した。

「達也《たつや》くんは、クロに近《ちか》い灰色《はいいろ》だと思《おも》っていたんだけれど、こうなってみると、逃《に》げるのにせいいっぱいで、人《ひと》を殺《ころ》すどころではないわね」

「それもそうだけど、おやじをやっちまったと、最初《さいしょ》に秋元《あきもと》に相談《そうだん》したところをみると、達也《たつや》はマサオではないんじゃないか？」

貢《みつぐ》が言《い》った。

「この交換日記《こうかんにっき》の日付《ひづけ》が五日《いつか》だろう。もし、達也《たつや》がマサオだったら、父親《ちちおや》を殺《ころ》した直後《ちょくご》に、こんな交換《こうかん》日記《にっき》は書《か》けないし、逃《に》げているのに、FAX《ファックス》で送《おく》るなんて考《かんが》えられない」

真之介《しんのすけ》が言《い》った。

「そうね。じゃあマサオ＝達也《たつや》は捨《す》てなくちゃだめか……」

有季《ゆうき》は、そう思《おも》いこんでいただけに、捨《す》てるのは残念《ざんねん》だった。

「一度《いちど》、色《いろ》めがねをかけると、何《なに》もかもその色《いろ》に見《み》えてしまうからな」

貢《みつぐ》の言《い》い方《かた》は穏《おだ》やかなので、かちんとこない。そこがいいところなのだ。

「そうなると、ゼロから出直《でなお》しね」

七日《なのか》まであと二日《ふつか》。ここでふたたび振《ふ》りだしに戻《もど》るのは痛《いた》い。

2

雅男《まさお》のケータイが鳴《な》った。

『秋元《あきもと》？』

いきなり女《おんな》の声《こえ》がした。

「そうだ。おまえはだれだ?」

『始業式《しぎょうしき》まであと二日《ふつか》だよ』

「それがどうした?」

雅男《まさお》は、ついどなってしまった。

『達也《たつや》がいなくなったけれど、どうする?』

「うるさい!」

『こわいんだろう?』

電話《でんわ》は切《き》れてしまった。

「だれからだ?」

平山《ひらやま》がきいた。

「知《し》らねえ女《おんな》からだ。あと二日《ふつか》、達也《たつや》がいなくなって、こわいだろうと言《い》いやがった」

「ノリコか?」

「そうだ。どうして、こいつを見《み》つけられねえんだ?」

雅男《まさお》は、そばにいる妙子《たえこ》をどなりつけた。

「捜《さが》してるけど、わかんない」

妙子《たえこ》は、消《き》え入《い》りそうな声《こえ》で言《い》った。

「こいつたちはやる気《き》がねえんだ。平山《ひらやま》、ヤキを入《い》れてやれ」

平山《ひらやま》は、妙子《たえこ》とゆかりの髪《かみ》をつかむと、

「来《こ》い」

と言《い》って、隣《となり》の部屋《へや》につれていった。

すぐに平手打《ひらてう》ちの激《はげ》しい音《おと》と悲鳴《ひめい》が聞《き》こえた。

しばらくして、平山《ひらやま》は口《くち》から血《ち》を流《なが》している二人《ふたり》を、引《ひ》きずるようにしてリビングルームに戻《もど》ってきた。

「二人《ふたり》とも、いまからすぐ行《い》ってノリコを捜《さが》してこい。手《て》ぶらで帰《かえ》ってきたら、こんなことじゃすまねえぞ」

二人《ふたり》は、逃《に》げるようにして、雅男《まさお》の家《いえ》を飛《と》びだしていった。

「ノリコは、必《かなら》ずいるんだ」

雅男《まさお》は、自分《じぶん》に言《い》い聞《き》かせるように言《い》った。

電話《でんわ》が鳴《な》った。

「おまえ出《で》てみろ」

雅男《まさお》は、ケータイを脇坂《わきさか》にわたした。

「もしもし」

脇坂《わきさか》は言《い》ってから、

「達也《たつや》からだ」

と、ケータイを雅男《まさお》にわたした。

「いま、どこにいる？」

『大阪《おおさか》だ』

公衆電話《こうしゅうでんわ》からかけているのか、周囲《しゅうい》の音《おと》がうるさい。

「やっぱりな。そうだと思《おも》ったんだ。これからどうする？」

『どうしていいかわかんねえ。生《い》きててもしようがねえかと思《おも》うんだ』

達也《たつや》は、半分泣《はんぶんな》き声《ごえ》だ。

「いいか、自殺《じさつ》だけはするなよ」

『サツには自首《じしゅ》しねえぜ』

「それはいいから、帰《かえ》ってこい。おれと会《あ》おう。何《なに》か考《かんが》える。おやじの遺体《いたい》は……」

雅男《まさお》が言《い》いかけたとき、電話《でんわ》は切《き》れてしまった。

きっとコインがなくなったのだ。

「達也《たつや》、元気《げんき》だったか？」

平山《ひらやま》がきいた。

「ぜんぜんだ。放《ほう》っといたら、あいつ死《し》ぬかもよ」

「ええっ」

脇坂《わきさか》のほおが硬直《こうちょく》した。

「達也《たつや》のおやじはひでえやつだったけど、それでもおやじだからな。無理《むり》もねえ」

平山《ひらやま》の声《こえ》も沈《しず》んでいる。

「あいつ、電車賃《でんしゃちん》あるのかな?」

脇坂《わきさか》が言《い》った。

雅男《まさお》は、達也《たつや》が金《かね》を持《も》っているか、きくのを忘《わす》れたことに気《き》づいた。もし、死《し》ぬつもりで大阪《おおさか》へ行《い》ったのなら、金《かね》は持《も》っていないはずだ。

「始業式《しぎょうしき》はあさってだっていうのに、あの探偵《たんてい》たちは何《なに》やってんだ?」

平山《ひらやま》が、思《おも》いだしたように怒《おこ》りはじめた。

「やつら、達也《たつや》が怪《あや》しいと言《い》いはじめたんだ。そのとたんにこれさ」

雅男《まさお》が言《い》った。

「達也《たつや》が怪《あや》しいだって? なんてこと言《い》うんだ? そのつぎはきっとおれだぜ」

平山《ひらやま》は自分《じぶん》を指《ゆび》さした。

「達也《たつや》だったら、このノリコはいったいだれなんだ? あいつに女《おんな》なんかいねえぜ。それは、おれが保《ほ》証《しょう》する」

脇坂《わきさか》が言《い》った。

「マサオは、おれたちを仲間割《なかまわ》れさせる魂胆《こんたん》だ。それに探偵《たんてい》はのせられたんだと思《おも》う」

雅男《まさお》が言《い》った。

「仲間《なかま》を信《しん》じられなくなったら、終《お》わりだぜ」

平山《ひらやま》は、しっかりと雅男《まさお》の目《め》を見《み》て言《い》った。

「そのとおりだ。おれは三人《にん》とも信《しん》じてる」

雅男《まさお》は強《つよ》い調子《ちょうし》で言《い》った。

しかし、心《こころ》は裏腹《うらはら》で、だれも信《しん》じられなくなっている。

この二人《ふたり》だって、心《こころ》の底《そこ》で何《なに》を考《かんが》えているか、わかったものじゃない。

いつから、人《ひと》を信《しん》じられなくなってしまったんだ？

今《いま》まで、こんなことはなかったのに。

雅男《まさお》は、自分自身《じぶんじしん》も信《しん》じられなくなった。

「いっそのこと、病院《びょういん》にでも入《はい》っちゃったら？　病気《びょうき》なら、たとえ始業式《しぎょうしき》に出《で》なくても、だれも疑《うたが》わねえぜ」

脇坂《わきさか》が言《い》った。

「おまえ、おれにそういうことを言《い》うのか？」

雅男《まさお》は、なぐりつけてやりたいほど腹《はら》が立《た》った。

雅男《まさお》のあまりの見幕《けんまく》に、脇坂《わきさか》のほうがびびって、

「そういう意味《いみ》で言《い》ったんじゃねえ」

と弁解《べんかい》した。

すると、その弁解《べんかい》が神経《しんけい》にさわった。

——おれはどうかしている。

「わるかった。おれはいらいらしてたんだ」

雅男《まさお》は、脇坂《わきさか》にあやまった。

「もっと落《お》ちつけよ。秋元《あきもと》らしくねえぜ」

平山《ひらやま》が言《い》った。

——そうだ。そのとおりだ。

雅男《まさお》は、一時的《いちじてき》にしろ、自分《じぶん》を見失《みうしな》ったことを恥《は》ずかしく思《おも》った。


標的《ひょうてき》を射程圏内《しゃていけんない》にとらえた。

あとは引《ひ》き金《がね》を引《ひ》くだけだ。

標的《ひょうてき》は、どこから狙《ねら》われているか知《し》らない。
草原《そうげん》のけもののみたいなものだ。
おまえを狙《ねら》っているのがだれなのか？
おまえの最期《さいご》のときに教《おし》えてやろう。

3

4月《がつ》6日《か》
ノリコ、
明日《あした》は始業式《しぎょうしき》だ。
とうとうX《エックス》デーがやってくる。
それまでにおれを見《み》つけるかと思《おも》ったんだけど、
あの探偵《たんてい》たちは見《み》かけだおしだった。
今日《きょう》は日曜日《にちようび》。
桜《さくら》も満開《まんかい》だから、公園《こうえん》も湖《みずうみ》も人《ひと》でいっぱいだ。
秋元《あきもと》にも言《い》ってやった、
最後《さいご》の桜《さくら》を見《み》に行《い》けって。

平山《ひらやま》と脇坂《わきさか》もおどかしてやった。
明日《あした》　秋元《あきもと》といっしょにいると、
おまえたちも、同《おな》じ運命《うんめい》だって。
きっと今《いま》ごろ、
みんなパニックになっているだろう。
明日《あした》は打《う》ち合《あ》わせどおりやろう。
びびるなよ。

マサオ
わたしは、びびってないよ。
マサオに言《い》われたとおりやるからね。
わたしのことは心配《しんぱい》しなくてもいいよ。
バイバイ。

「自信満々《じしんまんまん》だな」
FAX《ファックス》を読《よ》み終《お》わった真之介《しんのすけ》が言《い》った。

「ここまで調《しら》べてマサオとノリコが見《み》つからないというのは、二人《ふたり》とも俊也《としや》の亡霊《ぼうれい》じゃないかって気《き》がするぜ」

貢《みつぐ》が言《い》った。

「マサオは、平山《ひらやま》と脇坂《わきさか》にもプレッシャーをかけて、二人《ふたり》を秋元《あきもと》から引《ひ》きはなそうとしている。二人《ふたり》がいなくなったら、秋元《あきもと》は、はだかの王《おう》さまだぜ」

「二人《ふたり》とも、かなりびびってるから、逃《に》げだすかもしれないわね」

有季《ゆうき》は、そんな気《き》がした。

「そうなったら、おれたちがついててやるしかないな」

貢《みつぐ》が言《い》った。

「そうね。でも、始業式《しぎょうしき》に出《で》ないわけにはいかないよ。といって、学校《がっこう》に事情《じじょう》を話《はな》すわけにもいかないし。どうしよう？」

有季《ゆうき》は、真之介《しんのすけ》の顔《かお》を見《み》た。

「学校《がっこう》にそんなことを言《い》ったって、ばかばかしいことを言《い》うなと、逆《ぎゃく》に怒《おこ》られるのがおちだ」

「それじゃ、わたしたちは学校《がっこう》には入《はい》れないってわけ？」

「ただし、犯人《はんにん》も第三中学《だいさんちゅうがく》の生徒《せいと》でなければ学校《がっこう》には入《はい》れないってわけだ」

「犯行《はんこう》は、学校《がっこう》の外《そと》で行《おこな》われるのかしら？」

「まさか、校内《こうない》ではやらないだろう？」

「その、まさかがヤバイぜ」

貢《みつぐ》が言《い》った。

「とにかく、朝《あさ》、秋元《あきもと》の家《いえ》に迎《むか》えに行《い》って、始業式《しぎょうしき》が終《お》わったら、家《いえ》につれて帰《かえ》ろう。それから、ずっと一緒《いっしょ》にいればいい」

真之介《しんのすけ》が言《い》った。

「マサオは、秋元《あきもと》くんを始業式《しぎょうしき》には出席《しゅっせき》させないと言《い》ってるのよ」

有季《ゆうき》は、そこがひっかかる。

「学校《がっこう》って聖域《せいいき》だからな。よそ者《もの》は入《はい》れないのが辛《つら》いよ」

真之介《しんのすけ》が言《い》った。

「こっそりしのびこむか？」

「それはヤバイ。マサオはそのことを計算《けいさん》して、怪《あや》しいやつが来《く》ると言《い》って、教師《きょうし》に見張《みは》らせてるかもしれない。そうなったら、こっちは身動《みうご》きがとれなくなって、みすみすやつの罠《わな》にかかりに行《い》くようなものだ」

「マサオのことだから、そのくらいのことはしかねないね」

有季《ゆうき》は、ますます憂《ゆう》うつになってきた。

「秋元《あきもと》に電話《でんわ》して、様子《ようす》をきいてみろよ」

真之介《しんのすけ》に言《い》われて、有季《ゆうき》は、雅男《まさお》のケータイに電話《でんわ》した。

『もしもし』

と言《い》う雅男《まさお》の不安《ふあん》そうな声《こえ》が聞《き》こえた。

「2A《ツーエー》探偵局《たんていきょく》の前川有季《まえかわゆうき》よ。そちらの様子《ようす》はどう？」

『マサオのやつ、平山《ひらやま》と脇坂《わきさか》にプレッシャーをかけてきやがった』

「秋元《あきもと》くんから離《はな》れろと言《い》うんでしょう？　こちらにも連絡《れんらく》があったわ」

『おれを一人《ひとり》にする作戦《さくせん》らしい』

「で、二人《ふたり》はなんて言《い》ってる？」

『一緒《いっしょ》にいるって言《い》ってる』

「本当《ほんとう》に？」

『本当《ほんとう》さ』

本当《ほんとう》と言《い》いながら、雅男《まさお》の言葉《ことば》に確信《かくしん》が感《かん》じられないのは、自信《じしん》が持《も》てないからにちがいない。

「マサオは、秋元《あきもと》くんを始業式《しぎょうしき》に出《だ》させないと言《い》ってるわ。家《いえ》から学校《がっこう》までは、わたしたちがガードするけれど、わたしたちは学校《がっこう》には入《はい》れないから、それが心配《しんぱい》なのよ」

『学校《がっこう》で、おれをやろうってのか？』

「まさかとは思《おも》うけど、警戒《けいかい》はしなくちゃ」

『それはだいじょうぶだ。守《まも》ってくれるやつは、ほかにもいる』

「それなら安心《あんしん》ね。達也《たつや》くんからは、その後連絡《ごれんらく》があった？」

『大阪《おおさか》に行《い》ったらしい』

「自殺《じさつ》しやしないでしょうね？」

『帰《かえ》ってこいと言《い》ったから、帰《かえ》ってくるだろう』

「達也《たつや》くんが帰《かえ》ってきたら連絡《れんらく》して。それから、いまどこにいる？」

『家《いえ》だ』

「明日《あした》まで、家《いえ》から出《で》ちゃだめよ」

『わかった。それより、マサオはまだだれだかわかんないのか？』

雅男《まさお》の声《こえ》が急《きゅう》に険《けわ》しくなった。

「まだなのよ」

『明日《あした》だぜ。しっかりしてくれよ』

「それまでになんとか見《み》つけるわ」

有季《ゆうき》は、額《ひたい》に汗《あせ》が浮《う》いていた。

ドアがあいて、矢場《やば》がふらりと入《はい》ってきた。

「明日《あした》が始業式《しぎょうしき》なんだろう？　どうなってるか、様子《ようす》を聞《き》きにきた」

「まだ、見《み》つからないんです」

有季《ゆうき》は、つい声《こえ》が小《ちい》さくなった。

「ええっ、それは問題《もんだい》ではないのか？」

「そうなんです」

貢《みつぐ》がうなずいた。

「アッシー、のんきなこと言《い》ってるなよ。きみら探偵《たんてい》だろう？」

「それを言《い》われるのは痛《いた》いけど、今度《こんど》ばかりは、容疑者《ようぎしゃ》がつぎつぎ消《き》えちゃうんです」

「それじゃ、ギブアップか？　もうどうなってもいいと、あきらめてるのか？」

矢場《やば》の一言《ひとこと》、一言《ひとこと》が、まるで針《はり》で刺《さ》されるように痛《いた》い。

「ギブアップなんかするもんか」

真之介《しんのすけ》が強《つよ》い調子《ちょうし》で言《い》った。

「そうか。それじゃ、これまでの経緯《けいい》を話《はな》してくれ」

矢場《やば》が言《い》うと貢《みつぐ》が、

「その前《まえ》に、何《なに》を食《た》べますか？」

ときいた。

「それは、きみにまかせる」

貢《みつぐ》がキッチンに引《ひ》っこむと、有季《ゆうき》が話《はな》しはじめた。

黙《だま》って聞《き》いていた矢場《やば》は、

「達也《たつや》がにおうな」

と言《い》った。

「そうでしょう。わたしたちもそう思《おも》ったのです。ところが、達也《たつや》をマサオだとすると、ノリコがいないんです」

「隠《かく》れてつき合《あ》ってるんじゃないのか？」

矢場《やば》が言《い》った。

「達也《たつや》は、秋元《あきもと》や平山《ひらやま》、脇坂《わきさか》といつも一緒《いっしょ》だから、この連中《れんちゅう》に知《し》られずに、女《おんな》の子《こ》とつき合《あ》うことはできません」

「おかしいじゃないか」

「それだけならまだしも、達也《たつや》は、えらいことをしでかしたんです」

「なんだ？」

矢場《やば》は運《はこ》ばれてきたパスタに口《くち》をつけた。

「達也《たつや》は父親《ちちおや》とけんかして殺《ころ》してしまい、姿《すがた》を隠《かく》したんです」

「おい、それ本当《ほんとう》か？」

矢場《やば》は、食《た》べるのを中止《ちゅうし》した。

「本当《ほんとう》なんです。達也《たつや》は、小《ちい》さいときから父親《ちちおや》に虐待《ぎゃくたい》されていたらしいんですが、とうとう切《き》れたんでしょう」

「警察《けいさつ》に自首《じしゅ》しないのか？」

「自首《じしゅ》するくらいなら、死《し》んだほうがいいと言《い》っているそうです」

「きみたちは、父親《ちちおや》の遺体《いたい》は見《み》たのか？」

矢場《やば》がきいた。

「そんなもの、見《み》てませんよ」

貢《みつぐ》が言《い》った。

「それじゃ、本当《ほんとう》に父親《ちちおや》が死《し》んだかどうか、わからんじゃないか」

「それは……」

有季《ゆうき》は、そこまで言《い》って言葉《ことば》を呑《の》んだ。

雅男《まさお》から、達也《たつや》が父親《ちちおや》を殺《ころ》して逃《に》げたという話《はなし》を聞《き》いてから、そのことを疑《うたが》ったこともなかった。しかし、いま矢場《やば》から言《い》われてみると、達也《たつや》の父親《ちちおや》の遺体《いたい》を見《み》た者《もの》は、一人《ひとり》もいないということに気《き》づいた。

達也《たつや》はうそをついたのか？

――まさか。

そんなことがあるはずない。

「達也《たつや》が逃《に》げたあとも交換日記《こうかんにっき》はきたのか？」

矢場《やば》がきいた。

「きました。これがそうです」

貢《みつぐ》は、その朝《あさ》、ＦＡＸ《ファックス》で送《おく》られてきた交換日記《こうかんにっき》を矢場《やば》に見《み》せた。

「明日《あした》は、打《う》ち合《あ》わせどおりやろうと言《い》っているな。これは、ノリコと二人《ふたり》でやるということか」

「そうです。びびるなとも言《い》ってます」

有季《ゆうき》が言《い》った。

「なぜ、わざわざそのことをきみたちに知《し》らせるんだ？　おかしいと思《おも》わないか？」

「それはゲームだからです。マサオにとって、これは一種《いっしゅ》の殺人《さつじん》ゲームです。だから、おもしろくする必要《ひつよう》があるのです。ただ殺《ころ》すだけなら、イースターの日《ひ》にやれたんです」

「ゲームか。たしかにそうかもしれない。そうだとしたら、この交換日記《こうかんにっき》に書《か》いてあることをまともに信《しん》じてはいけない」

「それ、どういうこと?」

貢《みつぐ》がきいた。

「落《お》とし穴《あな》がしかけられているってことだ。それも、一つや二つではない」

「落《お》とし穴《あな》?」

有季《ゆうき》が聞《き》きかえした。

「ノリコがやる、ノリコがやると言《い》えば、きみたちは、どうしても二人《ふたり》でやると思《おも》ってしまう。しかし、本当《ほんとう》はマサオが一人《ひとり》でやるのであって、ノリコは、きみたちの関心《かんしん》をマサオからそらす囮《おとり》かもしれない」

「なるほど、そういう見方《みかた》もあるのか……」

真之介《しんのすけ》がうなずいた。

「達也《たつや》は子《こ》どものころ、ひどい虐待《ぎゃくたい》を受《う》けたと言《い》ったな?」

矢場《やば》が有季《ゆうき》にきいた。

「ええ、それでとうとう切《き》れて父親《ちちおや》を殺《ころ》したんじゃないかと思《おも》うんです。おやじをぶっ殺《ころ》したいという言葉《ことば》を、仲間《なかま》たちは何度《なんど》も聞《き》いているそうです」

「おれは、虐待《ぎゃくたい》という言葉《ことば》がひっかかるんだ」

矢場《やば》は、しきりに考《かんが》えこんでいる。

「とにかく明日《あした》です。なんとかマサオの犯行《はんこう》を阻止《そし》しなくちゃ。あいつ、どこにいるんだ?」

貢《みつぐ》は、遠《とお》くに視線《しせん》を向《む》けた。

「マサオは、秋元《あきもと》のすぐ近《ちか》くにいる。遠《とお》くからやってくるわけがない。秋元《あきもと》に密着《みっちゃく》するんだ。そうすればわかる」

――近《ちか》くにいる。

有季《ゆうき》も、ずっとそう思《おも》ってきた。

しかし、近《ちか》くにはだれもいない。

4

四月六日《がつむいか》　午後《ごご》七時《じ》三十分《ぶん》。

「達也《たつや》から電話《でんわ》だ。いま新大阪《しんおおさか》にいるってさ。八時《じ》の新幹線《しんかんせん》に乗《の》るから、十一時前《じまえ》には東京《とうきょう》に着《つ》くらしい」

雅男《まさお》が言《い》った。

「達也《たつや》が帰《かえ》ってくるのか」

平山《ひらやま》の表情《ひょうじょう》が、明《あか》るくなった。

「これで、助《すけ》っ人《と》が一人《ひとり》ふえたぜ」

脇坂《わきさか》の目《め》も輝《かがや》いた。

「あいつは人殺《ひとごろ》しだから、そういうわけにはいかねえよ。自分《じぶん》が逃《に》げるだけでせいいっぱいだ」

雅男《まさお》は、言《い》いながらなんてこったと思《おも》った。

「達也《たつや》は、ここへ来《く》るのか？」

平山《ひらやま》がきいた。

「こんなところへ来《こ》られちゃ、あいつがサツにつかまったとき、犯人《はんにん》を隠《かく》したとこっちまで罪《つみ》になる。

そんなことはできねえ」

「自分《じぶん》の家《いえ》に帰《かえ》るのか？」

「家《いえ》には戻《もど》れねえってさ」

「それじゃあ、行《い》くとこねえじゃんか？」

脇坂《わきさか》が言《い》った。

「なんとか、自分《じぶん》で考《かんが》える、迷惑《めいわく》はかけねえって言《い》った」

「達也《たつや》、自殺《じさつ》するんじゃねえか？」

平山《ひらやま》は、壁《かべ》の一点《いってん》を見《み》つめたまま、石《いし》になったみたいに動《うご》かない。

「それは……。あるかもしれねえ」

「なんとかしなくてもいいのか?」

脇坂《わきさか》が言《い》った。

「東京駅《とうきょうえき》に着《つ》いたら、もう一度電話《いちどでんわ》してくるから、それまでに考《かんが》えておく」

雅男《まさお》は、有季《ゆうき》に電話《でんわ》して、何《なに》かいい意見《いけん》をきこうと思《おも》った。

2A探偵局《ツーエーたんていきょく》に電話《でんわ》して、秋元《あきもと》だと言《い》うと、

『どうだ元気《げんき》か? 元気《げんき》なはずねえよな』

と、元気《げんき》な貢《みつぐ》の声《こえ》がした。

「達也《たつや》が大阪《おおさか》から帰《かえ》ってくる」

『ちょっと待《ま》て。所長《しょちょう》にかわる』

貢《みつぐ》が言《い》って、すぐ、

『有季《ゆうき》です』

という声《こえ》がした。この声《こえ》は、いつ聞《き》いても、なぜか気持《きも》ちが安定《あんてい》する。

「さっき、達也《たつや》から電話《でんわ》があって、新大阪《しんおおさか》八時発《じはつ》の新幹線《しんかんせん》に乗《の》るってさ。十一時前《じまえ》には東京《とうきょう》に着《つ》くらしい」

『それからどうするの?』

「どうするか、まだ決《き》めてねえ」

『秋元《あきもと》くんの家《いえ》に呼《よ》ぶの?』

「今夜《こんや》は、おやじもおふくろもいねえけど、家《いえ》には呼《よ》ばねえつもりだ」

『どこに泊《と》まるか、わかったらまた電話《でんわ》して。家《いえ》の外《そと》に出《で》ちゃだめよ』

「わかった」

雅男《まさお》は電話《でんわ》を切《き》った。


四月七日《がつなのか》、午前〇時《ごぜんれいじ》。

電話《でんわ》が鳴《な》った。

雅男《まさお》は、反射的《はんしゃてき》に受話器《じゅわき》を耳《みみ》にあてた。

『そこに平山《ひらやま》と脇坂《わきさか》はいるか?』

「いる。ソファで寝《ね》てる。おまえはだれだ?」

『俊也《としや》だよ』

「うそだ!」

雅男《まさお》は、思《おも》わず大《おお》きい声《こえ》が出《で》た。

『平山《ひらやま》と脇坂《わきさか》がマサオとノリコだ。もうすぐおまえの命《いのち》を狙《ねら》う。すぐ家《いえ》から出《だ》せ。いやならいやでもいい。もう四月七日《がつなのか》になったことを忘《わす》れるな』

電話《でんわ》が切《き》れると、平山《ひらやま》があくびをしながら、

「だれから電話《でんわ》だ?」

と、眠《ねむ》そうな声《こえ》できいた。

「2A《ツーエー》探偵局《たんていきょく》だ。四月七日《がつなのか》になったことを教《おし》えてくれた」

「そうか、とうとうX《エックス》デーか」

――平山《ひらやま》と脇坂《わきさか》がマサオとノリコ?

そんなことがあるはずない。

雅男《まさお》は、懸命《けんめい》に否定《ひてい》しようとした。

しかし、そうすればするほど、二人《ふたり》が怪《あや》しくなってくる。

「おまえたち、もう帰《かえ》れ」

雅男《まさお》は、平山《ひらやま》に言《い》った。

「遠慮《えんりょ》するな。おれたちは朝《あさ》までおまえのそばにいる。おまえは寝《ね》ろ」

「いいから帰《かえ》れ」

雅男《まさお》は、脇坂《わきさか》をゆり起《お》こした。

脇坂《わきさか》が寝《ね》ぼけた目《め》で雅男《まさお》を見上《みあ》げた。

「帰《かえ》れってさ。帰《かえ》ろうぜ」

平山《ひらやま》がふてくされたように言《い》った。

脇坂《わきさか》は、まだ半分眠《はんぶんねむ》っている。

ふらふらしながら、平山《ひらやま》のあとについて、雅男《まさお》の家《いえ》から出《で》ていった。

とうとう一人《ひとり》ぼっちになってしまった。

時計《とけい》は〇時《れいじ》五分《ふん》を指《さ》している。

電話《でんわ》が鳴《な》った。

「もしもし」と言《い》うと、『俊也《としや》だ』と言《い》った。

「うそだ。さっきからだれだ、おまえは？　本当《ほんとう》の名前《なまえ》を言《い》え！」

『達也《たつや》から何《なに》か言《い》ってきたか？　なぜ言《い》ってこないかわかるか？』

「知《し》らねえ、そんなこと」

『湖《みずうみ》の底《そこ》だ』

「うそだ！」

雅男《まさお》は、どなった。

『平山《ひらやま》と脇坂《わきさか》も、これから湖《みずうみ》の底《そこ》に行《い》く』

これ以上《いじょう》ないという暗《くら》い声《こえ》だ。

「そんなばかばかしい話《はなし》は聞《き》きたくない」

『もうすぐ夜《よる》が明《あ》ける。すると、おまえのまわりにはだれもいない』

「うるさい！」

『おまえは、いまから家《いえ》を出《で》て湖《みずうみ》へ行《い》け。そこに達也《たつや》と平山《ひらやま》と脇坂《わきさか》と、おまえの仲間《なかま》がみんないる。

さあ行《い》け。行《い》くのだ』

電話《でんわ》が切《き》れた。

俊也《としや》だと名乗《なの》ったやつは、まちがいなくマサオだ。

三人《にん》とも湖《みずうみ》へ連《つ》れていって、殺《ころ》すのか？

雅男《まさお》は、カーテンの隙間《すきま》から窓《まど》の外《そと》を見《み》た。

街灯《がいとう》の明《あ》かりと暗《くら》い空《そら》が見《み》える。

人影《ひとかげ》もない道路《どうろ》が、闇《やみ》の奥《おく》にのびている。

あの道《みち》を二十分《ぷん》も歩《ある》いていけば湖《みずうみ》に行《い》ける。

——湖《みずうみ》に行《い》けば三人《にん》がいる。

あの俊也《としや》の声《こえ》が耳《みみ》の底《そこ》にこびりついて離《はな》れない。

雅男《まさお》は、ドアをあけて外《そと》に出《で》たい衝動《しょうどう》を、辛《かろ》うじて抑《おさ》えた。

達也《たつや》は、東京駅《とうきょうえき》に着《つ》いたら電話《でんわ》すると言《い》ったのに、何《なに》も言《い》ってこない。

俊也《としや》が、湖《みずうみ》に連《つ》れていったのだろうか?

しばらくして、電話《でんわ》が鳴《な》った。達也《たつや》だと思《おも》って受話器《じゅわき》を耳《みみ》にあてた。

『もしもし、有季《ゆうき》。達也《たつや》くんはどうした?』

いつもの声《こえ》だ。この声《こえ》を聞《き》くと、ほっとする。

「それが、連絡《れんらく》がないんだ」

『十一時《じ》には、東京駅《とうきょうえき》に着《つ》くはずでしょう?』

「着《つ》いたら電話《でんわ》するって言《い》ったのに、電話《でんわ》してこない。かわりに俊也《としや》から電話《でんわ》があった」

『俊也《としや》?』

有季《ゆうき》が聞《き》きかえした。

「あの俊也《としや》だ」

雅男《まさお》は、俊也《としや》の電話《でんわ》の内容《ないよう》を有季《ゆうき》に話《はな》した。

『三人《にん》とも湖《みずうみ》にいるというの?』

「そうなんだ。こんなこと信《しん》じられるか?」

『信《しん》じられないわね。しかも、かけてきたのは死《し》んだ人《ひと》でしょう?』

「亡霊《ぼうれい》さ。というより、マサオが亡霊《ぼうれい》の演技《えんぎ》をしてるんだ」

『そうね。じゃあ秋元《あきもと》くん、いまは一人《ひとり》？』

「そうなんだ」

『何《なに》があっても、外《そと》へ出《で》ちゃだめよ。それから、だれも中《なか》に入《い》れてはだめ。わかった？』

「わかった」

いつもなら、うるせえとどなってしまう有季《ゆうき》の言葉《ことば》が、素直《すなお》に受《う》けいれられた。

窓《まど》ガラスをこつこつたたく音《おと》がする。

「ちょっと待《ま》ってくれ。だれかが窓《まど》をたたいている。見《み》てくる」

音《おと》は、こつ、こつと二度《ど》たたいて、しばらく間《ま》を置《お》き、ふたたびこつ、こつとたたいている。

雅男《まさお》は、一気《いっき》にカーテンをあけた。

目《め》の前《まえ》に達也《たつや》の顔《かお》があった。

雅男《まさお》は、窓《まど》をあけた。

「どうしたんだ？　こんな時間《じかん》に」

達也《たつや》の顔《かお》には、泥《どろ》がついて疲《つか》れはてて見《み》えた。

「いま、おやじを埋《う》めているんだ。手《て》つだってくれ」

声《こえ》も途《と》切れ途《と》切れだ。

「どこだ?」

「おれんちの庭《にわ》だ。一人《ひとり》ではできない」

「よし、行《い》く」

雅男《まさお》は、受話器《じゅわき》を置《お》くと家《いえ》を出《で》た。

5

「電話《でんわ》が切《き》れたわ。どうしたのかしら?」

有季《ゆうき》は、受話器《じゅわき》をにぎりしめたまま貢《みつぐ》の顔《かお》を見《み》た。

「だれかが窓《まど》をたたいていると言《い》ったよな?」

貢《みつぐ》が言《い》った。

「見《み》に行《い》ったんでしょう? もし、何《なに》もなかったら何《なに》か言《い》うはずだわ」

「何《なに》も言《い》わずに切《き》るってのは、どういうことだ?」

貢《みつぐ》は、真之介《しんのすけ》の顔《かお》を見《み》た。

「自分《じぶん》で切《き》ったか、それともだれかが切《き》ったか?」

「だれかって、だれだ?」

「こんな時間《じかん》に、しかも窓《まど》をたたくなんて、マサオしか考《かんが》えられない。自分《じぶん》で切《き》ったとしたら、よほどのショックがあったんだ。どっちにしても、電話《でんわ》してみればわかる」

有季《ゆうき》は、雅男《まさお》の家《いえ》に電話《でんわ》した。

呼《よ》びだし音《おん》が鳴《な》るだけで、だれも電話《でんわ》に出《で》ない。

「いないわ」

「もう四月七日《がつなのか》だ。もしかしたら……？」

真之介《しんのすけ》の表情《ひょうじょう》もきびしくなった。

電話《でんわ》が鳴《な》った。

雅男《まさお》かなと思《おも》って受話器《じゅわき》を取《と》ると、矢場《やば》からだった。

『至急話《しきゅうはな》したいことがある』

いつもの、余裕《よゆう》のある矢場《やば》の声《こえ》ではない。

「それより矢場《やば》さん、秋元《あきもと》くんがいなくなったの」

有季《ゆうき》は、雅男《まさお》との電話《でんわ》のやりとりを矢場《やば》に説明《せつめい》した。

『それはヤバイことになったぞ。いますぐ車《くるま》でそちらに行《い》くから、一緒《いっしょ》に秋元《あきもと》の家《いえ》へ行《い》こう。待《ま》っててくれ』

矢場《やば》は電話《でんわ》をたたきつけるようにして切《き》った。

よほど慌《あわ》てているにちがいない。

「秋元《あきもと》が殺《ころ》されるなんて、それはないぜ」

貢《みつぐ》の言《い》うとおりだ。これでゲームオーバーではやりきれない、と有季《ゆうき》は思《おも》った。

重苦《おもくる》しい雰囲気《ふんいき》が部屋《へや》を満《み》たした。

だれも、口《くち》を開《ひら》く者《もの》はいない。

矢場《やば》は、二十分《ぶん》ほどでやってきた。

「行《い》こう」

矢場《やば》に言《い》われて、三人《にん》は矢場《やば》の4WD《ダブリューディー》に乗《の》った。

「秋元《あきもと》のケータイに電話《でんわ》してみろ」

矢場《やば》に言《い》われて、有季《ゆうき》は、自分《じぶん》のケータイで、雅男《まさお》のケータイのナンバーをプッシュした。

「もしもし、2A《ツーエー》探偵局《たんていきょく》の有季《ゆうき》です。秋元《あきもと》くん？」

有季《ゆうき》は、電話《でんわ》がつながったことで、急《きゅう》に肩《かた》の力《ちから》が抜《ぬ》けた。

『秋元《あきもと》はいないわ』

女《おんな》の声《こえ》がした。

「あなた、だれ？」

『ノリコ』

電話《でんわ》が切《き》れた。

「どうしたんだ？」

矢場《やば》がきいた。

「ノリコが出《で》て、秋元《あきもと》はいないと言《い》いました」

「そうか、ノリコが出《で》たか……」

矢場《やば》は、そう言《い》ったまま何《なに》も言《い》わない。

「ノリコが電話《でんわ》に出《で》たということは、秋元《あきもと》はノリコにつれていかれたのか？　もちろん、マサオもいるよな」

貢《みつぐ》が言《い》った。

「ノリコはいない」

矢場《やば》が、だしぬけに言《い》った。

「だけど、いま電話《でんわ》に出《で》ました」

有季《ゆうき》は、矢場《やば》が何《なに》を言《い》うのかと思《おも》った。

「あれはノリコではない。マサオだ」

「マサオ？　でも、あれはたしかに女《おんな》の声《こえ》でしたよ。マサオの声《こえ》はちがいます」

「きみたちもそうだが、おれもあの交換日記《こうかんにっき》を見《み》たときは、マサオとノリコが書《か》いていると思《おも》いこんでいた」

「そうじゃないの？」

貢《みつぐ》がきいた。

「そうじゃない。あれはマサオが一人《ひとり》で書《か》いたものだ」

「そんなばかな……。信《しん》じられないよ」

「信《しん》じられないのは当《あ》たりまえだ。きみたちは、多重人格《たじゅうじんかく》という言葉《ことば》を知《し》っているか？」

「知《し》らない」

貢《みつぐ》が言《い》うと、真之介《しんのすけ》が、

「聞《き》いたことある」

と言《い》った。

「多重人格《たじゅうじんかく》というのは、一人《ひとり》の同一人物《どういつじんぶつ》の中《なか》に、本来《ほんらい》の人格《じんかく》とは異《こと》なった、思考《しこう》、行動《こうどう》、性格《せいかく》、気質《きしつ》、記憶《きおく》、経歴《けいれき》、価値観《かちかん》などを持《も》つ、二人以上《ふたりいじょう》、多《おお》いときは何十人《なんじゅうにん》もの別人格《べつじんかく》が存在《そんざい》している人格状態《じんかくじょうたい》のことをいうんだ」

「『ジキルとハイド』みたいなものですか？」

真之介《しんのすけ》が言《い》った。

「そうだ。その作品《さくひん》が発表《はっぴょう》されたのは一八八六年《ねん》だが、このころから世紀末《せいきまつ》を経《へ》て、二十世紀初頭《せいきしょとう》まで、いわゆる多重人格《たじゅうじんかく》がヨーロッパで話題《わだい》になったのだ」

矢場《やば》はつづけた。

「その後《ご》、ヨーロッパをおおった、あいつぐ戦争《せんそう》のせいか、多重人格《たじゅうじんかく》の症例報告《しょうれいほうこく》は激減《げきげん》した。しかし、それから一世紀後《せいきご》、アメリカを中心《ちゅうしん》に再燃《さいねん》することになった。オハイオ州《しゅう》で一九七七年《ねん》に発生《はっせい》した事件《じけん》の犯人《はんにん》で、多重人格者《たじゅうじんかくしゃ》のビリー・ミリガンが知《し》られるようになったのが契機《けいき》である。

日本《にほん》で注目《ちゅうもく》を集《あつ》めるようになったのは、『連続幼女誘拐殺人事件《れんぞくようじょゆうかいさつじんじけん》』の犯人《はんにん》、宮崎勤《みやざきつとむ》の精神鑑定《せいしんかんてい》で、鑑《かん》定《てい》を行《おこな》った三人《にん》のうち、二人《ふたり》が宮崎勤《みやざきつとむ》に多重人格《たじゅうじんかく》の可能性《かのうせい》があるという連名《れんめい》の報告書《ほうこくしょ》を提出《ていしゅつ》したことからである。

人間《にんげん》は、両親《りょうしん》の間《あいだ》に生《せい》を受《う》け、命名《めいめい》されて、自己意識《じこいしき》を獲得《かくとく》しながら成育《せいいく》する。多重人格《たじゅうじんかく》というのは、本来《ほんらい》の人格《じんかく》のほかに、本来《ほんらい》の人格以外《じんかくいがい》の、いわゆる交代人格《こうたいじんかく》を複数《ふくすう》で内在《ないざい》させる。

交代人格《こうたいじんかく》が二百という例《れい》もある。

つまり、もともと同一性《どういっせい》を持《も》っているはずの人格構造《じんかくこうぞう》が統一《とういつ》を欠《か》いた状態《じょうたい》になり、交代人格《こうたいじんかく》がいつ表《ひょう》面《めん》に浮上《ふじょう》するか予測不可能《よそくふかのう》な、人格構造《じんかくこうぞう》の障害《しょうがい》を多重人格《たじゅうじんかく》という。

この交代人格《こうたいじんかく》が、本来《ほんらい》の人格《じんかく》を押《お》しのけて表面《ひょうめん》に出《で》てきた間《あいだ》の記憶《きおく》は、欠落《けつらく》している場合《ばあい》が多《おお》い。

だから、交代人格《こうたいじんかく》がその間《あいだ》に罪《つみ》を犯《おか》しても、本来《ほんらい》の人格《じんかく》に自覚《じかく》、記憶《きおく》がなく、罪《つみ》の意識《いしき》もない場合《ばあい》がほとんどと思《おも》われている」

矢場《やば》の多重人格《たじゅうじんかく》の解説《かいせつ》を聞《き》き終《お》わった三人《にん》は言葉《ことば》を失《うしな》っていた。

「すると、達也《たつや》くんとマサオは別人格《べつじんかく》。つまり、達也《たつや》くんのことを知《し》らないっていうの？」

しばらくして有季《ゆうき》が言《い》った。

「達也《たつや》が、秋元《あきもと》と一緒《いっしょ》に俊也《としや》を自殺《じさつ》に追《お》いこんだことは知《し》っている」

矢場《やば》が言《い》った。

「マサオは、小学生《しょうがくせい》のとき俊也《としや》の親友《しんゆう》だったころのままなんだ。だから人《ひと》が変《か》わってしまった達也《たつや》を許《ゆる》せないいんだ」

「真之介《しんのすけ》の言《い》うとおりだ」

「ややこしいな。それじゃノリコはいったいだれ？」

「ノリコは、殺人《さつじん》を犯《おか》そうとするマサオをセーブするためにあらわれた別《べつ》の人格《じんかく》だ。彼女《かのじょ》は、だからずっとマサオの計画《けいかく》を止《や》めさせようとした」

「一人《ひとり》の人間《にんげん》が三つの人格《じんかく》に分《わ》かれちゃうなんて、わたしには理解《りかい》できない」

有季《ゆうき》は、大《おお》きいため息《いき》をついた。

「もうすぐT市《ティーし》だ」

矢場《やば》の言葉《ことば》を、有季《ゆうき》はうわの空《そら》で聞《き》いていた。

6

四月七日《がつなのか》、午前二時《ごぜんじ》。

電気《でんき》の消《き》えた真《ま》っ暗《くら》な店《みせ》。

2A《ツーエー》探偵局《たんていきょく》の電話機《でんわき》から、FAX《ファックス》が流《なが》れている。

4月《がつ》7日《か》

ノリコ、とうとうゲームオーバーだ。

あいつたち、おれを見《み》つけるかと思《おも》ったのに、見《み》つけることができなかった。

だから、こうするしかなかった。

この日《ひ》のために生《い》きてきたみたいなのに、終《お》わってみたら、空《むな》しさだけが残《のこ》るのはなぜだろう？

おれは、ずっと秋元《あきもと》を憎《にく》みつづけてきたけれど、
今《いま》、達也《たつや》もまた憎《にく》まなければならないことに気《き》づいた。

罪《つみ》は二人《ふたり》とも同《おな》じだ。

だから、達也《たつや》も殺《ころ》す。

ホームズくん、親愛《しんあい》なるきみに最後《さいご》の贈《おく》りものをしよう。

今《いま》は午前《ごぜん》二時《じ》。秋元《あきもと》はあと五時間《じかん》生《い》きている。
それまでに助《たす》けだせるかどうかは、あいつの運《うん》にかかっている。
それでは、さようなら。

マサオ
マサオといっしょにいた時間《じかん》、わたしはいつもしあわせだった。
悔《く》いはないわ。
いっしょに行《い》こう。

流《なが》れだしたFAX《ファックス》用紙《ようし》を拾《ひろ》う者《もの》はだれもいない。

四月七日《がつなのか》、午前《ごぜん》二時《じ》三十分《ぶん》。
雅男《まさお》は意識《いしき》を回復《かいふく》しつつあった。
真《ま》っ暗《くら》で何《なに》も見《み》えない。
まわりは狭《せま》くて、身動《みうご》きするのがやっとだ。
——そうだ。

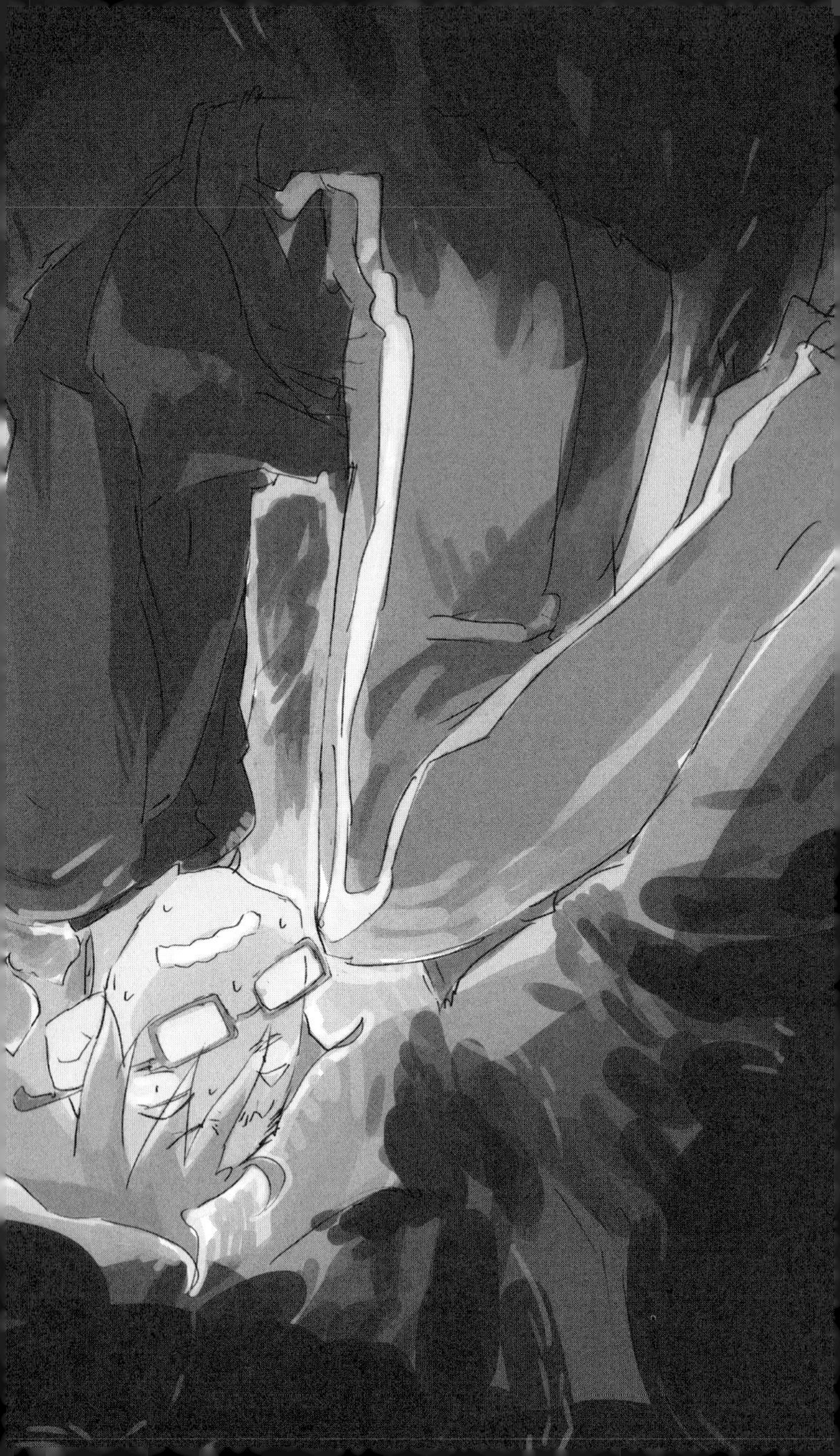

ここは地面《じめん》の下《した》だ。

達也《たつや》がやってきて、おやじを埋《う》めるのを手《て》つだってくれと言《い》われ、達也《たつや》と一緒《いっしょ》にここまでやってきた。

深《ふか》い穴《あな》が掘《ほ》ってあった。

「ここに、おやじを埋《う》めるんだ」

そう言《い》われてのぞいたとたん、頭《あたま》をなぐられて気《き》を失《うしな》った。

そして、気《き》がついたらこのざまだ。

達也《たつや》は、なんだってこんなことをしたんだ?

あいつだけは信《しん》じてたのに。

「秋元《あきもと》、生《い》きてるか?」

というかすかな声《こえ》が頭《あたま》の上《うえ》から聞《き》こえてきた。

「生《い》きてる。おまえは達也《たつや》だな。どうしてこんなことをしたんだ?」

「おれは達也《たつや》じゃない。マサオだ」

「ちがう、おまえは達也《たつや》だ」

「おまえは、あと五時間《じかん》したら死《し》ぬんだ」

「なぜだ?」

「おまえは、俊也《としや》を自殺《じさつ》させた」

「達也《たつや》、おまえだってやったじゃないか?」

「だから、達也《たつや》も殺《ころ》す」

「自分《じぶん》で自分《じぶん》を殺《ころ》すっていうのか?」

「おれは達也《たつや》ではない」

「助《たす》けてくれ。頼《たの》む。おまえだって死《し》ぬことはないじゃないか?」

「あと五時間《じかん》で、空気《くうき》がなくなる。そこでおまえは死《し》ぬ。それまでに、探偵《たんてい》が見《み》つけてくれれば助《たす》かるが、それは無理《むり》だろう。あきらめろ」

「おれたちは、中学《ちゅうがく》に入《はい》ってからいつも一緒《いっしょ》にやってきたのに。親友《しんゆう》のおれになんでこんなことをするんだ?」

雅男《まさお》は、達也《たつや》を必死《ひっし》に説得《せっとく》しようとした。

「おまえは、四月七日《がつなのか》に死《し》ぬって予告《よこく》したろう? それがおまえの運命《うんめい》なんだ。おまえを埋《う》めた場所《ばしょ》に墓《はか》を立《た》ててやったよ。ポチの墓《はか》っていうんだ」

声《こえ》は突然途切《とつぜんとぎ》れた。

そのあとは、いくら叫《さけ》んでも返事《へんじ》はない。

達也《たつや》はマサオであるはずはないのに、マサオだと言《い》いはるのはなぜだ?

なぜ、自分《じぶん》で自分《じぶん》を殺《ころ》すと言《い》うのか?

その下《した》に雅男《まさお》がいるなんて、だれが思《おも》う？

――ポチの墓《はか》か……。


四月七日《がつなのか》、午前《ごぜん》二時《じ》十分《ぶん》。

矢場《やば》の車《くるま》は、雅男《まさお》の家《いえ》の前《まえ》に着《つ》いた。

玄関《げんかん》にカギはかかっていなかったので、四人《にん》はドアをあけた。

部屋《へや》の電気《でんき》はつけっぱなしだ。

「秋元《あきもと》くん」

有季《ゆうき》は、奥《おく》に向《む》かって、三度呼《どよ》んだが返事《へんじ》がない。

「上《あ》がってみよう」

矢場《やば》が先《さき》に立《た》って上《うえ》へ上《あ》がった。

どの部屋《へや》にも、雅男《まさお》の姿《すがた》はなかった。

「絶対家《ぜったいいえ》から出《で》るなと言《い》ったのに」

有季《ゆうき》は、怒《いか》りと不安《ふあん》が交錯《こうさく》した。

「呼《よ》びだしたのは達也《たつや》だ。大阪《おおさか》へ行《い》ったなんてうそだ」

矢場《やば》は、断定《だんてい》したように言《い》った。

「秋元《あきもと》は、達也《たつや》を信《しん》じていたんだな」

貢《みつぐ》がつぶやいた。

「それはそうだ。一年《ねん》からずっと仲間《なかま》で、秋元《あきもと》は、悪《わる》いことはみんな達也《たつや》やほかの三人《にん》に押《お》しつけていたんだ。まさか裏切《うらぎ》られるとは考《かんが》えていなかったろう。とにかく、秋元《あきもと》を捜《さが》しに行《い》こう。もしかしたら、もう手遅《ておく》れかもしれないが」

矢場《やば》が言《い》った。

「湖《みずうみ》に行《い》ってみよう。あそこで俊也《としや》くんが自殺《じさつ》したんだから、マサオはそこで秋元《あきもと》くんを処刑《しょけい》したいんじゃないかしら」

有季《ゆうき》が言《い》った。

「しかし、この暗《くら》さじゃ湖《みずうみ》の周辺《しゅうへん》の雑木林《ぞうきばやし》を捜《さが》すのは無理《むり》だ。夜《よる》があけてからにしよう。ほかにないか？」

「北野天神裏《きたのてんじんうら》の空家《あきや》はどうかしら？」

「空家《あきや》ってなんだ？」

矢場《やば》がきいた。

「彼《かれ》らがアジトに使《つか》っていた家《いえ》です」

「それじゃ、まずそこに行《い》ってみよう」

四人《にん》は、ふたたび車《くるま》に乗《の》ると、北野天神《きたのてんじん》を目《め》ざして走《はし》った。

夜《よる》だったせいもあるが、すぐに着《つ》いてしまった。

「あの家《いえ》がそうね」

四人《にん》は空家《あきや》の裏手《うらて》にまわった。

窓《まど》の中《なか》は真《ま》っ暗《くら》で何《なに》も見《み》えない。

「人《ひと》のいそうな気配《けはい》はないな」

矢場《やば》は、そう言《い》いながら裏《うら》のドアをあけると、懐中電灯《かいちゅうでんとう》で内部《ないぶ》を照《て》らした。

部屋《へや》に上《あ》がると、奥《おく》のほうで、人《ひと》のうめくような声《こえ》がした。

「だれかいるぞ」

貢《みつぐ》が言《い》った。

「だれかいるか？」

矢場《やば》はリビングルームに入《はい》っていった。

そのあとにつづいた有季《ゆうき》は、さるぐつわをかまされ、机《つくえ》の脚《あし》にしばりつけられている平山《ひらやま》と脇坂《わきさか》を発《はっ》見《けん》した。

「どうしたんだ？」

貢《みつぐ》が二人《ふたり》のさるぐつわをはずし、ロープをほどいた。

「おれたち、秋元《あきもと》に帰《かえ》れと言《い》われて、秋元《あきもと》の家《いえ》を出《で》たんだ。すると、向《む》こうから達也《たつや》がやってきて、おやじを空家《あきや》で殺《ころ》した。隠《かく》すのを手《て》つだってくれと言《い》うので、ここにやってきたんだ」

平山《ひらやま》が言《い》った。

「そうしたら、いきなり頭《あたま》をなぐられて気《き》を失《うしな》った。気《き》がついたらこのざまだ」

脇坂《わきさか》は、痛《いた》そうに頭《あたま》をなでた。

「達也《たつや》がやったのか？」

貢《みつぐ》がきいた。

「そうだ。あのやろう。見《み》つけたらただじゃおかねえぞ」

平山《ひらやま》がわめいた。

「秋元《あきもと》がいないんだ。どこに行《い》ったか知《し》らないか？」

真之介《しんのすけ》がきいた。

「達也《たつや》がつれだしたんだ。どこへ行《い》ったと思《おも》う？」

脇坂《わきさか》は、平山《ひらやま》の顔《かお》を見《み》た。

「ここにつれてきたかもしれねえ。おれたちは、しばらく気《き》を失《うしな》っていたからわかんねえ」

平山《ひらやま》が言《い》った。

「じゃあ、捜《さが》してみよう」

家《いえ》の内部《ないぶ》と外《そと》を、六人《にん》で手分《てわ》けして捜《さが》したが、秋元《あきもと》は見《み》つからなかった。

「ここでないとすると、どこだ？」

貢《みつぐ》がきいた。

「おれたちがいつも集《あつ》まってたのはゲーセンだけど」

脇坂《わきさか》が言《い》った。

「ゲーセンは関係《かんけい》ない。湖《みずうみ》には行《い》かないか？」

「秋元《あきもと》は湖《みずうみ》が大嫌《だいきら》いだ」

平山《ひらやま》が言《い》った。

「達也《たつや》は？」

「達也《たつや》も嫌《きら》いだ。二人《ふたり》とも俊也《としや》のことがあるからだろう。思《おも》いだすんだ」

「おまえたちはどうなんだ？」

矢場《やば》がきいた。

「おれたちは、そんなに俊也《としや》をいじめていねえ。いちばんやったのは達也《たつや》だ。あいつ、小学校時代《しょうがっこうじだい》は友《とも》だちだったくせに、中学《ちゅうがく》に入《はい》ってからは、どうかと思《おも》うくらい俊也《としや》をいじめてた」

「秋元《あきもと》は何《なに》もしなかったのか？」

「どうやっていじめるか、考《かんが》えるのは秋元《あきもと》で、実際《じっさい》やるのは達也《たつや》だ。あの二人《ふたり》は、双子《ふたご》みてえに仲《なか》がよかった」

「その秋元《あきもと》を、どうして達也《たつや》が殺《ころ》そうとするんだ？」

「わかんねえ。おれには信《しん》じられねえ。達也《たつや》のやつ、頭《あたま》がどうかなっちゃったんだ」

平山《ひらやま》の言《い》うことを聞《き》いていると、有季《ゆうき》は、矢場《やば》の言《い》った多重人格《たじゅうじんかく》という言葉《ことば》が頭《あたま》の隅《すみ》をかすめた。

「達也《たつや》が、パパと仲《なか》が悪《わる》かったっていうのはたしかか？」

真之介《しんのすけ》がきいた。

「仲《なか》が悪《わる》いなんてもんじゃねえ。憎《にく》んでた。だから、殺《ころ》したと聞《き》いたときは信《しん》じたんだ」

平山《ひらやま》が言《い》った。

「本当《ほんとう》に殺《ころ》したのかもしれないわね」

有季《ゆうき》が言《い》うと、矢場《やば》がうなずいた。

「こんな真《ま》っ暗闇《くらやみ》じゃ、捜《さが》しようもない。いったん秋元《あきもと》の家《いえ》へ戻《もど》って、夜明《よあ》けを待《ま》とう」

矢場《やば》は、車《くるま》に平山《ひらやま》と脇坂《わきさか》をのせ、それぞれの家《いえ》に送《おく》り届《とど》けると、雅男《まさお》の家《いえ》に向《む》かった。

7

四月七日《がつなのか》、午前《ごぜん》五時《じ》。

有季《ゆうき》は、ケータイの鳴《な》る音《おと》で、車《くるま》のシートでの仮眠《かみん》から目《め》ざめた。

「もしもし、わたし」

声《こえ》を聞《き》いて、貢《みつぐ》の母親《ははおや》の和子《かずこ》だとわかった。

「おはようございます」

窓《まど》の外《そと》を見《み》ると、空《そら》は白《しら》みはじめている。

『深夜《しんや》にFAX《ファックス》が入《はい》ってたの。読《よ》むから聞《き》いて』

和子《かずこ》の読《よ》みあげるFAX《ファックス》を聞《き》いているうちに、有季《ゆうき》は、すっかり目《め》がさめた。

時計《とけい》を見《み》ると午前《ごぜん》五時《じ》だ。

「たいへんよ！」

有季《ゆうき》が大声《おおごえ》をあげると、矢場《やば》と真之介《しんのすけ》、貢《みつぐ》が目《め》をあけた。

「マサオからFAX《ファックス》が入《はい》ったわ」

有季《ゆうき》は、FAX《ファックス》の内容《ないよう》を三人《にん》に説明《せつめい》した。

「五時間後《じかんご》に秋元《あきもと》が死《し》ぬ？　いま何時《なんじ》だ？」

貢《みつぐ》が寝《ね》ぼけ声《ごえ》で聞《き》いた。

「いま五時《じ》だから、あと二時間《じかん》しかないわ。それまでに秋元《あきもと》を捜《さが》さないと死《し》ぬって」

「二時間《じかん》しかないのか？」

「そうよ」

あれだけ捜《さが》して見《み》つからなかったのだ。

あと二時間《じかん》で見《み》つけることは不可能《ふかのう》ではないのか。

「五時間《じかん》たったら死《し》ぬというのは、時限爆弾《じげんばくだん》でもしかけたのだろうか？」

貢《みつぐ》が言《い》った。

「爆弾《ばくだん》は手《て》に入《い》れられなくても、監禁《かんきん》すれば、時限装置《じげんそうち》で殺《ころ》すことはできる」

真之介《しんのすけ》が言《い》った。

「助《たす》かるのは運《うん》だと言《い》ったけれど、これはどういう意味《いみ》かしら？」

「どこにいるか、二時間《じかん》で捜《さが》すには限界《げんかい》がある。たとえば湖《みずうみ》のまわりだって、二時間《じかん》では捜《さが》しきれない」

「とにかく、こうしていては時間《じかん》が惜《お》しい。捜《さが》しに行《い》こう」

矢場《やば》が言《い》った。

「どこに行《い》くの？」

「まず湖《みずうみ》だ。行《い》こう」

矢場《やば》は部屋《へや》を出《で》た。

四月七日《がつなのか》、午前《ごぜん》五時《じ》三十分《ぶん》。

湖《みずうみ》に着《つ》くと、数時間前《すうじかんまえ》には何《なに》も見《み》えなかった雑木林《ぞうきばやし》が奥《おく》まで見通《みとお》すことができた。

この雑木林《ぞうきばやし》を通《とお》りぬけて湖岸《こがん》に出《で》たとしても、湖岸《こがん》だってかなりの長《なが》さだ。

「五時間《じかん》で死《し》ぬってどういうこと？」

有季《ゆうき》は、つぶやいた。

考《かんが》えられるのは時限装置《じげんそうち》だ。しかし、なぜそんなことをする必要《ひつよう》があるのだ。

だれかを誘拐《ゆうかい》し、身代金《みのしろきん》を持《も》ってこなければ殺《ころ》す。その時間《じかん》は五時間《じかん》というのが普通《ふつう》のケースだ。

しかし、マサオの目的《もくてき》は秋元《あきもと》を殺《ころ》すことだ。時限装置《じげんそうち》なんかつける必要《ひつよう》はない。

有季《ゆうき》が、そのことを真之介《しんのすけ》に言《い》うと、真之介《しんのすけ》も、

「ぼくも、それを考《かんが》えていたんだ。ここにはいないと思《おも》う」

と言《い》った。

「それじゃ、どこだ？」

矢場《やば》が腕時計《うでどけい》を見《み》ながら言《い》った。

有季《ゆうき》も、腕時計《うでどけい》に目《め》をやった。五時《じ》四十分《ぶん》を指《さ》している。

「あと一時間《じかん》二十分《ぷん》」

矢場《やば》がうめくように言《い》った。

「達也《たつや》の家《いえ》に行《い》ってみようよ」

貢《みつぐ》が言《い》った。

「そうだな。考《かんが》える時間《じかん》があったら動《うご》くことだ」

矢場《やば》がさんせいした。


四月七日《がつなのか》、午前《ごぜん》六時《じ》。

矢場《やば》の車《くるま》は達也《たつや》の家《いえ》に着《つ》いた。

玄関《げんかん》のドアはカギがかかっていて開《ひら》かない。

裏《うら》にまわって、裏口《うらぐち》のドアをこわして中《なか》へ入《はい》った。

もしかしたら、どこかに父親《ちちおや》の遺体《いたい》がころがっているかもしれない。

そう考《かんが》えると、有季《ゆうき》は足《あし》がすくんだ。

しかし、どの部屋《へや》にも父親《ちちおや》の遺体《いたい》はなかった。

庭《にわ》に出《で》てみると、隅《すみ》の木陰《こかげ》に、小《ちい》さな盛《も》り土《つち》があり、ポチの墓《はか》と書《か》かれた墓標《ぼひょう》が立《た》っていた。

「なんだ、おやじのかわりに犬《いぬ》か」

貢《みつぐ》は、ぶつぶつ言《い》いながら、達也《たつや》の家《いえ》をあとにした。

「これからどこへ行《い》く？　あと一時間《じかん》しかないぞ」

矢場《やば》が言《い》った。

「平山《ひらやま》の家《いえ》に行《い》こうよ。あいつを引《ひ》っぱりだして捜《さが》させるんだ」

真之介《しんのすけ》が言《い》った。

「それじゃ案内《あんない》してくれ」

矢場《やば》は、みんなの言《い》いなりだ。

有季《ゆうき》は、地図《ちず》を見《み》ながらやっと平山《ひらやま》の家《いえ》を捜《さが》しあてた。

六時《じ》二十分《ぷん》になっていた。

平山《ひらやま》を起《お》こしたが、彼《かれ》が外《そと》へ出《で》てくるまでに十分《ぷん》もかかった。

有季《ゆうき》は、がまんが限界《げんかい》に達《たっ》しそうになった。

やっと出《で》てきた平山《ひらやま》に事情《じじょう》を説明《せつめい》した。

「いま何時《なんじ》だ?」

平山《ひらやま》が聞《き》いた。

「六時《じ》三十分《ぷん》。あと三十分《ぷん》しかない」

「ヤベエ!　どうする?」

「それを、おまえにききにきたんだ」

貢《みつぐ》が言《い》った。

「そんなこと、おれにきいたって知《し》らねえよ」

平山《ひらやま》は、半《はん》べそをかいている。

「いま達也《たつや》の家《いえ》に行《い》ってきた。おやじの遺体《いたい》はなかった。かわりに犬《いぬ》の墓《はか》が庭《にわ》にあった」

「犬《いぬ》の墓《はか》？」

平山《ひらやま》が貢《みつぐ》に聞《き》きかえした。

「そうだ。墓標《ぼひょう》にポチの墓《はか》って書《か》いてあった」

「あいつんち、犬《いぬ》なんて飼《か》ってねえよ。それ変《へん》だぜ」

平山《ひらやま》が首《くび》をふった。

「よし、行《い》こう」

矢場《やば》の車《くるま》で、もう一度《いちど》達也《たつや》の家《いえ》に引《ひ》きかえした。

「あれがそうだ」

貢《みつぐ》は、庭《にわ》の一隅《いちぐう》を指《ゆび》さした。

「あんなもの、今《いま》まで見《み》たことねえ」

五人《にん》は庭《にわ》に入《はい》っていった。

盛《も》り土《つち》に近《ちか》づいてみると、土《つち》が真新《まあたら》しかった。

「掘《ほ》ってみよう」

矢場《やば》が言《い》うと、貢《みつぐ》と真之介《しんのすけ》が道具《どうぐ》を探《さが》しにいった。

「シャベルがあった。新《あたら》しい土《つち》がついている」
真之介《しんのすけ》は、シャベルを持《も》ってきながら言《い》った。
矢場《やば》も、トランクからシャベルを出《だ》した。
二人《ふたり》で、盛《も》り土《つち》を除《のぞ》きはじめた。
この下《した》にいるのは、父親《ちちおや》か、それとも雅男《まさお》か……。
有季《ゆうき》は、動悸《どうき》がして、胸《むね》がつぶれそうな気《き》がした。
時計《とけい》は六時《じ》四十五分《ふん》を指《さ》している。
五時間《じかん》で死《し》ぬというのは、空気《くうき》がなくなるということだったのだ。
有季《ゆうき》は、突然《とつぜん》ひらめいた。
それなら、この下《した》にいるのは雅男《まさお》だ。
木《き》の蓋《ふた》が見《み》えた。
平山《ひらやま》が穴《あな》に飛《と》びこんで蓋《ふた》を取《と》った。
雅男《まさお》の顔《かお》が見《み》えた。
「秋元《あきもと》！」
平山《ひらやま》が叫《さけ》ぶと、雅男《まさお》はわずかに目《め》をあけたが、まぶしそうにまた閉《と》じた。
「生《い》きてる！」

有季《ゆうき》が声《こえ》を上《あ》げた。

「達也《たつや》がどこかにいるはずだ」

真之介《しんのすけ》があたりを見《み》まわすと、貢《みつぐ》がはじかれたように庭《にわ》の裏手《うらて》にある森《もり》の中《なか》に飛《と》びこんでいった。

「あそこにだれかいるぞ」

貢《みつぐ》が人影《ひとかげ》を発見《はっけん》した。

すると突然《とつぜん》、平山《ひらやま》がその人影《ひとかげ》に向《む》かって駆《か》けだした。

「達也《たつや》、てめえ、よくもやってくれたな」

平山《ひらやま》がなぐりかかろうとしたので、貢《みつぐ》が慌《あわ》ててそれを制《せい》した。

「きみが達也《たつや》だな」

矢場《やば》がやってきて声《こえ》をかけると、男《おとこ》は逃《に》げもせずに、

「おれはマサオだ」

と答《こた》えた。その眼《め》はうつろで遠《とお》くを見《み》ている。

「やったのはあなたね」

駆《か》けつけた有季《ゆうき》が言《い》うと、

「よく見《み》つけたな。さすがは2A《ツーエー》探偵局《たんていきょく》だ」

達也《たつや》は悪《わる》びれた様子《ようす》もみせない。

「それにしても、秋元《あきもと》くんが、自分《じぶん》の右腕《みぎうで》だと言《い》っていたあなたがマサオだったなんて、驚《おどろ》いたわ」

「おれは、俊也《としや》を自殺《じさつ》に追《お》い込《こ》んだやつらがどうしても許《ゆる》せなかったんだ」

「でも、殺《ころ》すなんて絶対《ぜったい》にいけないわ」

「そうかな。きみたちのせいで、秋元《あきもと》はやれなかったが、達也《たつや》なら殺《ころ》せる。おれはこれから達也《たつや》を殺《ころ》して、ノリコとどこか遠《とお》くへ行《い》くつもりだ」

「達也《たつや》を殺《ころ》す？」

有季《ゆうき》は言葉《ことば》の意味《いみ》がのみこめず、目《め》を丸《まる》くした。

「彼《かれ》は多重人格《たじゅうじんかく》なんだ。このままにしておいたら、自殺《じさつ》してしまうかもしれない。早《はや》く取《と》り押《お》さえるんだ」

矢場《やば》の号令《ごうれい》で、みんながいっせいに取《と》り囲《かこ》んだので、達也《たつや》はあっという間《ま》に身動《みうご》きが取《と》れなくなった。

「何《なに》をするんだ！」

「きみは一度《いちど》、病院《びょういん》に入《はい》って、病気《びょうき》の治療《ちりょう》をしなくちゃダメだ」

必死《ひっし》に抵抗《ていこう》する達也《たつや》を押《お》さえこみながら、矢場《やば》が言《い》った。

四月七日《がつなのか》、午前《ごぜん》八時《じ》三十分《ぶん》。

学校《がっこう》の桜《さくら》も満開《まんかい》だ。

校門《こうもん》からぞくぞくと入《はい》ってくる生徒《せいと》たちに、桜《さくら》の花《はな》びらが舞《ま》い落《お》ちる。
有季《ゆうき》と貢《みつぐ》と真之介《しんのすけ》は、校門《こうもん》のそばで、やってくる生徒《せいと》たちを眺《なが》めていた。
いつの年《とし》もそうだが、始業式《しぎょうしき》の日《ひ》の生徒《せいと》たちの表情《ひょうじょう》は明《あか》るく輝《かがや》いている。
第三中学《だいさんちゅうがく》の始業式《しぎょうしき》は、何事《なにごと》もなかったかのように始《はじ》まった。
「これで、2A《ツーエー》探偵局《たんていきょく》も面目《めんぼく》をほどこしたというわけか」
胸《むね》をなでおろしている三人《にん》に、矢場《やば》が言《い》った。
有季《ゆうき》は、返《かえ》す言葉《ことば》がなかった。

後日談《ごじつだん》

有季《ゆうき》たちに取《と》り押《お》さえられた達也《たつや》は、それからすぐに、矢場《やば》がよく知《し》る、精神科《せいしんか》で有名《ゆうめい》な総合病院《そうごうびょういん》に連《つ》れていかれた。

診断《しんだん》の結果《けっか》、重度《じゅうど》の多重人格《たじゅうじんかく》が認《みと》められ、そのまま入院《にゅういん》して、治療《ちりょう》を受《う》けることになった。

秋元《あきもと》たちをおびきだすために利用《りよう》した達也《たつや》の父親《ちちおや》だが、実際《じっさい》は殺《ころ》されていなかった。

仕事《しごと》の関係《かんけい》で、その日《ひ》は出張《しゅっちょう》していただけだった。

帰宅《きたく》した父親《ちちおや》は、息子《むすこ》の多重人格《たじゅうじんかく》を知《し》り、かなりのショックを受《う》けた。

原因《げんいん》が、幼児期《ようじき》の虐待経験《ぎゃくたいけいけん》にあると聞《き》かされたこともあったろう。

父親《ちちおや》は、回復《かいふく》するまで、達也《たつや》を懸命《けんめい》にサポートしていこうと心《こころ》に決《き》めた。

一方《いっぽう》、被害者《ひがいしゃ》の秋元《あきもと》も、地中《ちちゅう》に何時間《なんじかん》も閉《と》じこめられていたため、助《たす》けだされたとき、かなり衰弱《すいじゃく》していた。

その日《ひ》の始業式《しぎょうしき》には出《で》ることもなく、平山《ひらやま》に抱《かか》えられて、近《ちか》くの病院《びょういん》に向《む》かった。

翌日《よくじつ》、普段通《ふだんどお》り登校《とうこう》した秋元《あきもと》だったが、最《もっと》も信頼《しんらい》していた達也《たつや》が、マサオだったという事実《じじつ》は変《か》わらない。

自分《じぶん》がまわりにひどいことをし続《つづ》けてきたから、こんな目《め》に遭《あ》ったんだ。2A《ツーエー》探偵局《たんていきょく》がいなかったら、今《いま》ごろ、おれは死《し》んでいた——。

そう思《おも》い至《いた》った秋元《あきもと》は、以来《いらい》、一切《いっさい》のいじめをしなくなったという。

そのことを平山《ひらやま》から聞《き》いた有季《ゆうき》は、英治《えいじ》と相原《あいはら》にも二人《ふたり》が『フィレンツェ』に来《き》たときに報告《ほうこく》した。

「こないだの交換日記《こうかんにっき》事件《じけん》、なんとか解決《かいけつ》しました」

「マサオが狙《ねら》ってた、A《エー》ってやつはだいじょうぶだったのか？」

英治《えいじ》がきいた。

「はい。時間《じかん》ギリギリでしたけど、助《たす》けだすことができました」

「さすがだな」

英治《えいじ》が感心《かんしん》すると、

「で、結局《けっきょく》マサオはだれだったんだ？」

相原《あいはら》がきいた。

「A《エー》の一番《いちばん》の親友《しんゆう》でした」

「えっ？」

二人《ふたり》が意外《いがい》そうな反応《はんのう》を示《しめ》したので、

「まあ、菊地《きくち》さんと相原《あいはら》さんみたいなものですかね。二人《ふたり》にも実《じつ》はいろいろあったりして……」

貢《みつぐ》がすかさず茶々《ちゃちゃ》を入《い》れた。

「こいつ、調子《ちょうし》にのるなよ」

英治《えいじ》が貢《みつぐ》を小突《こづ》くと、「ノリコは？」相原《あいはら》が有季《ゆうき》にたずねた。

「マサオと同一人物《どういつじんぶつ》でした。多重人格《たじゅうじんかく》だったんです」

「多重人格《たじゅうじんかく》か……。それは難問《なんもん》だったな」

「矢場《やば》さんにヒントをもらいましたけど」

有季《ゆうき》が舌《した》を出《だ》した。

「でも、マサオがA《エー》の仲間《なかま》だなんて、よくわかったよ」

相原《あいはら》が思《おも》わずうなった。

「彼《かれ》らは仲間《なかま》っていっても、菊地《きくち》さんと相原《あいはら》さんみたいに、本当《ほんとう》におたがいを信《しん》じあう関係《かんけい》ではなかったんです。マサオはA《エー》の言《い》いなりでした」

「本当《ほんとう》の仲間《なかま》っていうのは、そんなものじゃないからな」

英治《えいじ》が相原《あいはら》の顔《かお》を見《み》て笑《わら》ったので、有季《ゆうき》と貢《みつぐ》も笑顔《えがお》になった。

あとがき

本文《ほんぶん》を読《よ》む前《まえ》に、あとがきを読《よ》むか、あとがきを読《よ》んでから本文《ほんぶん》を読《よ》むか？

本当《ほんとう》は、本文《ほんぶん》を読《よ》み終《お》えてから、あとがきを読《よ》んでほしいのだが、それはどちらでもかまわない。

しかし、本書《ほんしょ》に限《かぎ》っていえば、あとがきを本文《ほんぶん》より先《さき》に読《よ》むことは、しないでほしい。

あとがきを読《よ》んで、結末《けつまつ》のヒントを知《し》ってしまうより、ヒントなしで結末《けつまつ》を予想《よそう》しながら読《よ》んだほうが、数倍《すうばい》おもしろいと思《おも》うからである。

本文《ほんぶん》の途中《とちゅう》で、結末《けつまつ》を予想《よそう》できる読者《どくしゃ》がいるなら、作者《さくしゃ》は脱帽《だつぼう》である。

事件《じけん》は、2A《ツーエー》探偵局《たんていきょく》のあるイタリア料理店《りょうりてん》『フィレンツェ』に置《お》き忘《わす》れられた、交換日記《こうかんにっき》からはじまる。

交換日記《こうかんにっき》というのは、書《か》いている本人《ほんにん》たちにしかわからないことが多《おお》い。

まして、それが二人《ふたり》だけの秘密《ひみつ》である場合《ばあい》はなおさらである。

貢《みつぐ》が日記《にっき》を開《ひら》くと、そこに書《か》かれていたのは、マサオとノリコによる殺人計画《さつじんけいかく》であった。

そして、この交換日記《こうかんにっき》は、2A探偵局《ツーエーたんていきょく》への挑戦状《ちょうせんじょう》でもあったのだ。

マサオはだれか？　ノリコはどこにいるのか？　そして標的《ひょうてき》は？

標的《ひょうてき》は、優等生《ゆうとうせい》の仮面《かめん》をかぶったいじめっ子《こ》、秋元《あきもと》であることがわかる。

彼《かれ》が仲間《なかま》たちといっしょにやるいじめは陰湿《いんしつ》で、いつになってもなくならない。

本書《ほんしょ》に登場《とうじょう》する秋元《あきもと》は、一見《いっけん》どこにでもいそうな普通《ふつう》の少年《しょうねん》だが、表《おもて》の顔《かお》と裏《うら》の顔《かお》を使《つか》い分《わ》けているので、学校《がっこう》のみんなにきらわれている。

秋元《あきもと》を殺《ころ》そうとしているマサオとノリコは、クラスのだれかにちがいない。

そう推理《すいり》した2A探偵局《ツーエーたんていきょく》は、日記《にっき》に書《か》かれていたマサオの友人《ゆうじん》で、自殺《じさつ》したT《ティー》の情報《じょうほう》をもとに、その中学《ちゅうがく》を特定《とくてい》する。

だが、現地《げんち》で調査《ちょうさ》を続《つづ》ける有季《ゆうき》たちをあざ笑《わら》うかのように、事件《じけん》が起《お》きる。

そして、犯行予告《はんこうよこく》の日《ひ》、秋元《あきもと》が姿《すがた》を消《け》した。

秋元《あきもと》のケータイに連絡《れんらく》を入《い》れると、出《で》たのはノリコだった。

多重人格《たじゅうじんかく》――。

その時《とき》、矢場《やば》が意外《いがい》な言葉《ことば》を発《はっ》した。

多重人格《たじゅうじんかく》とは、どのような原因《げんいん》で発症《はっしょう》し、形成《けいせい》されるのだろうか？

幼児期《ようじき》の虐待経験《ぎゃくたいけいけん》と、やはり幼児期《ようじき》のトラウマ（衝撃的体験《しょうげきてきたいけん》による精神的外傷《せいしんてきがいしょう》）の二大要因《にだいよういん》によるものというのが定説《ていせつ》になっている。

とくに、幼児期《ようじき》に虐待経験《ぎゃくたいけいけん》を受《う》けた者《もの》は、多重人格《たじゅうじんかく》と診断《しんだん》された患者《かんじゃ》の八〇パーセントにも及《およ》んでいるそうだ。

虐待《ぎゃくたい》の過去《かこ》とともに、浮《う》かびあがった人物《じんぶつ》とは？

2A《ツーエー》探偵局《たんていきょく》は、絶体絶命《ぜったいぜつめい》のピンチの中《なか》、今回《こんかい》も難事件《なんじけん》を解決《かいけつ》した。

つぎは、どんな事件《じけん》が待《ま》ちうけているのだろう。今後《こんご》も、彼《かれ》らの活躍《かつやく》に期待《きたい》していてほしい。

二〇一五年《ねん》一月《がつ》

宗田《そうだ》　理《おさむ》

この作品は、一九九七年四月、角川文庫から刊行された『2年A組探偵局　殺しの交換日記』をもとに、つばさ文庫向けに大はばに書きかえ、加筆し、漢字にふりがなをふり、読みやすくしたものです。

角川つばさ文庫

宗田 理／作

東京都生まれ、少年期を愛知県ですごす。『ぼくらの七日間戦争』をはじめとする「ぼくら」シリーズは中高生を中心に圧倒的人気を呼び大ベストセラーに。著作に「東京キャッツタウン」シリーズ、『ぼくらの天使ゲーム』『ぼくらの大冒険』『ぼくらと七人の盗賊たち』『ぼくらの学校戦争』『ぼくらのデスゲーム』『ぼくらの南の島戦争』『ぼくらの㋳バイト作戦』『ぼくらのC計画』『ぼくらの怪盗戦争』『ぼくらの㊙会社戦争』『ぼくらの修学旅行』『ぼくらのテーマパーク決戦』『ぼくらの体育祭』『ぼくらの太平洋戦争』『ぼくらの一日校長』『２年Ａ組探偵局 ラッキーマウスと３つの事件』『２年Ａ組探偵局 ぼくらの魔女狩り事件』『２年Ａ組探偵局 ぼくらの仮面学園事件』（角川つばさ文庫）など。

はしもとしん／絵

和歌山県生まれ。角川つばさ文庫「ぼくら」「2A」シリーズのイラストを担当。

角川《かどかわ》つばさ文庫《ぶんこ》 Bそ1-54

２年《ねん》Ａ《エー》組《くみ》探《たん》偵《てい》局《きょく》

ぼくらの交《こう》換《かん》日《にっ》記《き》事《じ》件《けん》

作《さく》 宗田《そうだ》 理《おさむ》

絵《え》 はしもとしん

2015年３月15日 初版発行

発行者 堀内大示
発行所 株式会社KADOKAWA
〒102-8177 東京都千代田区富士見 2-13-3
03-3238-8521（営業）
http://www.kadokawa.co.jp/
編 集 角川書店
〒102-8078 東京都千代田区富士見 1-8-19
03-3238-8555（編集部）
印 刷 大日本印刷株式会社
製 本 大日本印刷株式会社
装 丁 ムシカゴグラフィクス

ISBN978-4-04-631457-4 C8293 N.D.C.913 279p 18cm

読者のみなさまからのお便りをお待ちしています。
いただいたお便りは、編集部から著者へおわたしいたします。